青春豬頭少年不會夢到嬌憐看家妹

鴨志田一
插畫 溝口ケージ

Kadokawa Fantastic Novels

——咲太小弟收

——明天，可以在七里濱的海邊見面嗎？　翔子小姐上

第一章

那天的後續在今天

1

這天，咲太一大早就在煩惱。

事情的開端在昨天。放進信箱的一封信。

寄件人的名字是「翔子小姐」。

對於咲太來說，這是喚醒微苦記憶的名字，但最近不只如此。聽到「翔子」這兩個字，浮現在咲太腦海的人物增加為兩人，或許應該說「增加為兩個版本」比較正確。

其中一人是距今約三個月前認識的國一女生牧之原翔子，乖巧嬌憐的可愛年幼女孩。

另一人是記憶裡的女高中生，咲太國三時遇見的牧之原翔子。在七里濱海岸傾訴心聲的時光距今兩年，卻未曾再見到她。如果她順利升學，現在應該是大學一年級。

故意在信裡自稱「翔子小姐」的惡作劇感覺令咲太想起後者的年長翔子。

至於國中生翔子這邊，咲太昨天打手機聯絡想確認，卻只進入語音信箱，沒問到信的事。咲太先留言告知改天再聯絡就結束通話。翔子直到今天早上都沒回電，所以謎團就這樣沒解開。多虧這樣，咲太內心一直籠罩著一層迷霧。

要揮別這份鬱悶的心情，最快的方式就是赴約。今天到七里濱海岸和「翔子小姐」見面就好。只要直接詢問當事人，事情肯定會有所進展。

咲太昨晚已經在心中做出這些結論。

接下來反而才是問題。

如果寄那封信的是咲太兩年前遇見的翔子，那麼她也是咲太的初戀對象。

這麼一來，咲太可以毫不在乎地赴約見面嗎？

咲太有一個交往中的女友。

感覺照道理應該知會一聲，卻也覺得講出來沒什麼用。

無論是基於什麼隱情，「有女友卻要去見初戀對象」的這個構圖依然沒變。

「唉……」

思緒找不到出口，咲太束手無策而嘆氣。

「唔！」

緊接著，腳背傳來痛楚。咲太的視線反射性地落在腳邊。穿著黑褲襪的腿伸向咲太，樂福鞋鞋跟狠狠踩在他腳上。

線條修長又美麗的腿。咲太盡情享受之後揚起視線，和擁有漂亮臉蛋的女學生四目相對。

「怎麼了？」

如此詢問並溫柔微笑的人是背靠電車車門站著的麻衣——全名櫻島麻衣，比咲太大一歲的高三學生。她是堪稱家喻戶曉的明星，和咲太是情侶關係。

高挑的身材，未曾染過的柔順黑髮，加上炯炯有神的雙眼，給人超齡穩重的成熟印象。光是站在車門邊，隔著車窗背對海面的身影也美麗如畫。

得天獨厚的容貌使她也受到女性的支持，咲太昨天看的娛樂新聞說她在「現在女高中生心目中最佳長相與身材排行榜」上榮登第一。

如此受歡迎的麻衣為何面帶笑容踩著咲太的腳？

「麻衣小姐，這是什麼懲罰？」

「因為你明明和我一起上學卻心不在焉。」

「但我自認大部分的時間都是心不在焉啊。」

「那我剛才在講什麼話題？你說來聽聽。」

麻衣故意以誇張的語氣問。

「呃～～記得是聊到我跟麻衣小姐現在搭的是10形電車？」

連接藤澤市藤澤站與鎌倉市鎌倉站的江之島電車有好幾種。10形的特徵是東方特快車風格的復古時尚外觀，襯托深藍色車身的白色線條。車內是木紋造型，兼具可愛與高雅。

「沒人在講電車的話題。」

麻衣語氣和剛才差不多，眼神卻明顯降溫。

「呃～～那麼……」

「想開玩笑掩飾也沒用。」

麻衣很乾脆地先下手為強。

「對不起。」

咲太不得已，只好老實道歉。

「唉……」

露骨的嘆息聲好刺耳。麻衣遺憾般注視咲太的雙眼充滿傻眼。

「我在講昨天那件事的謝禮。」

「什麼謝禮？」

「你不是來幫和香搬家嗎？」

「嗯。」

「我剛才說，我今天去做晚飯給你吃當成謝禮。」

麻衣稍微移開視線，有點不好意思地低下頭，噘起嘴鬧彆扭，暗示別讓她講兩次。

「不用幫豐濱準備飯菜嗎？」

豐濱和香是麻衣同父異母的妹妹。經過一番波折，如今她和麻衣住在一起。

「她說今天上課比較晚回家，會跟團員去吃飯。」

「這樣啊。」

和香也是剛崛起的偶像團體「甜蜜子彈」成員，每天勤快地接受歌唱或舞蹈訓練，週末巡迴各地努力舉行小型演唱會。雖然知名度遠遠比不上姊姊麻衣，卻放話說總有一天會走紅讓咲太甘拜下風，所以咲太期待這一天的來臨。

「總覺得今天早上的咲太怪怪的。」

麻衣看著咲太的臉，突然這麼說。

「咦？哪裡怪？」

「我去做飯給你吃，你不開心嗎？我以為你會更高興一點。」

她以不滿的視線觀察咲太。

「不，我很開心。不過，我們現在在車上。」

周圍有乘客在看。麻衣復出演藝圈之後，果然免不了吸引旁人視線，即使在完全習慣的通學電車上也一樣。

「是喔。總之，目前我就接受你這個理由吧。」

麻衣一反自己這番話，視線停留在咲太身上。看來她絕對沒接受。即使如此，麻衣依然收起臉上的不滿。

「記得冰箱還有什麼嗎？」

她回到正題詢問。

「還沒採買，所以幾乎是空的。」

「既然這樣，回家順路去一趟超市吧。」

「那個……雖然非常難以啟齒，不過小的放學之後有點事……」

「今天要打工？」

「不，不是打工。」

咲太說的當然是那封信的事。

雖然沒指定時間，不過既然今天不是假日，咲太認為只能鎖定在放學後的時間。畢竟終究不可能約在清晨五點見面，而且白天要上課，不能貿然亂跑。「翔子小姐」應該也是相同處境吧。

「不然是什麼事？」

麻衣隨口說出理所當然的疑問。

「雜事。」

「什麼雜事？」

「不足為道的小事。」

「這樣啊。」

麻衣即使嘴裡不追究，雙眼依然盯著咲太。

會接受剛才這種解釋的人比較奇怪。咲太回答時無法慎選言詞，所以也在所難免。

「沒關係，不想說就不用說了。」

「並不是不想說……」

這是咲太的真心話。那封信的事，他並不是想瞞著麻衣。關於兩年前遇見的翔子，咲太之前已經告訴麻衣。包括自己曾經喜歡翔子以及追著翔子報考峰原高中，麻衣全部知情，所以咲太不需要隱瞞。

不過，真的聽麻衣當面詢問時，咲太的身體稍微緊繃，反射性地猶豫是否要坦白。

咲太自己也搞不清楚狀況，所以就算跟麻衣說也只會害她混亂。既然這樣，咲太覺得現在最好別說出來。

「……」

思考這種事的時候，電車緩緩進站。

電車抵達七里濱站。咲太與麻衣就讀的峰原高中就在這站附近。

穿著相同制服的學生們魚貫來到小小的車站月臺，陸續拿起ＩＣ月票在像是稻草人的簡易驗票機感應。

咲太與麻衣也加入人潮出站。

電車剛好在這時候進站，所以麻衣的追問就這樣不了了之。

經過一座橋，穿越一個平交道。

接著，校門就在眼前。

感覺應該勉強可以逃過一劫。

咲太在心中鬆一口氣。

不過，就在他放心的這時候……

「我不知道你在隱瞞什麼，不過遲早會穿幫，所以在那之前想個我能接受的解釋吧。」

麻衣這麼說了。這是嚴厲到不能再嚴厲的警告。

「……」

「啞口無言」正是指這個狀況吧。

「知道了吧？」

麻衣就像在管教晚輩般如此叮嚀。

「遵命……」

咲太只能乖乖回應。

上午上課時，咲太心不在焉地看著窗外七里濱的海面。他在思考如何對麻衣解釋。無論是英

語課、數學課、物理課、現代國文課……老師們在快要下課時吩咐：「期中考快到了，記得準備啊。」但咲太當成耳邊風。

現在不是用功的時候。他拚命思考如何正確告知那封信的事，思考如何對麻衣解釋。但咲太即使不惜放棄學生的本分思考，也想不到能讓麻衣接受的高明說詞。

想著想著，進入午休時間了。

耗盡腦力的咲太迅速吃完午餐離開教室。

前往物理實驗室。

「雙葉，我進去了。」

「別進來。」

咲太無視於這句冷漠的回應開門。

教室裡有一個女學生，是咲太的朋友雙葉理央。一五五公分的嬌小身軀，今天也穿著長長的白袍。頭髮束在後方挽起的她只在一瞬間隔著鏡片投以嫌煩的視線。

理央正在使用黑板前的實驗桌。酒精燈正在加熱的不是量杯或試管等實驗器材，而是虹吸式咖啡壺。

「那個，哪裡來的？」

咲太指著咖啡壺，隔著桌子坐在理央正對面。

「好像是物理老師拿來的。」

「妳擅自拿來用？妳有時候真大膽耶。」

「有共犯比較容易稀釋犯罪意識吧？」

真是單方面的歪理。但咲太今天不是來講這種話題，所以對於這件事僅止於隨口附和。理央也不打算討論這件事，才會不負責任地這麼說吧。

「我說雙葉……」

虹吸式咖啡壺的水燒開之後，受到蒸氣壓力而移動到上層容器。不只是第一次看到時覺得神奇，現在看也是很有趣的構造。接觸咖啡粉的開水逐漸染成咖啡的顏色。

「梓川……說真的，第幾次了？」

理央的目光已經不是傻眼或嫌煩，而是帶著憐憫之意。

「這次不是找妳商量思春期症候群。」

「……」

不知為何，理央似乎由衷感到意外，露出驚訝的表情。

「不過，或許也包含這個要素就是了。」

咲太無法否定翔子的事和思春期症候群有關，反倒認為可能性很高。

「是喔……」

理央一副興趣缺缺的樣子，將酒精燈從虹吸式咖啡壺的下方移開，蓋上蓋子熄火。不久，染成美味顏色的咖啡透過濾紙回到下層的圓形容器。

理央先將壺裡一半的咖啡倒進自己的馬克杯，另一半則倒進隨便放在一旁的燒杯，端到咲太面前。

咲太姑且以視線向理央確認。這個動作當然是「這個燒杯沒問題嗎？」的意思。如果這是剛做完神祕實驗的燒杯就不免令人擔憂。

「剛才只用來做了高濃度氯化鈉的溶解實驗，放心。」

「妳講的名詞充滿魄力。」

「你好歹知道『氯化鈉』是什麼吧？」

「記得是鹽？」

「對。」

「那就拜託直接這麼說啦。」

「也好好煮沸消毒過，沒問題的。」

確認安全之後，咲太淺嚐一口。味道與香氣終究和即溶咖啡不同。雖說是理所當然，不過道地感明顯提升，待在物理實驗室也更舒適了。

「所以，具體來說是什麼事？」

「我來找妳商量這個。」

咲太從制服口袋取出信遞給理央。百聞不如一見。

「這是什麼？」

「『翔子小姐』寫給我的信。」

「居然隨身攜帶女生寫給你的信，你好噁。」

理央一邊說著毫不留情的感想一邊打開信，雙眼左右移動檢視信裡的簡短內容。

「原來如此，所以是『翔子小姐』啊。不只是署名，看起來也不像是那個國一女生會寫給你的內容。畢竟那個孩子有禮貌多了。」

理央也認識國中生翔子，暑假在咲太家見過面。

「這個『明天』是指今天？」

「應該吧。信是在昨天放進我家信箱。」

理央小心翼翼將信放回信封，還給咲太。

「向櫻島學姊說了嗎？」

理央首先詢問的不是翔子的事。

「沒說……」

「所以你今天要商量的事情是不會穿幫的劈腿方法？」

理央平淡地說完，喝了口咖啡。

「不，不是這樣。不要胡亂誤解。」

「那你為什麼不說？」

理央立刻單刀直入地詢問。

「妳認為怎樣說明才對？」

咲太假裝沒聽到，反問理央。

「昨天看到信的時候，立刻找櫻島學姊商量就好了吧？你以事發突然的為難態度說明，就可以不經意當成是兩人要面對的問題吧？」

理央以非常符合她個性的邏輯思維導出這個完美的模範解答。

她說得沒錯。這個答案只能以漂亮形容。但是說來遺憾，這個手段如今無法使用。事發已經過了一晚，而且今天早上上學時，麻衣看出咲太有所隱瞞。

「雙葉。」

「什麼事？」

「為什麼昨天沒教我這個方法？」

「因為你沒找我商量。」

「說得也是。」

「話說，難得看你為這種事煩惱。」

「是嗎？」

「平常你都會說被罵也是獎賞，然後馬上講明吧？」

「妳把我當成什麼人了？」

「愈被罵就愈愉悅的豬頭少年。」

「……」

早知道就不問了。

「總之，該怎麼說……我覺得這樣很奸詐。」

「奸詐？」

理央一臉疑惑地反問，似乎猜不透咲太的意圖。

「如果立場對調……某天麻衣小姐說『我今天要去見初戀對象』的話，我有自信一定會鬱鬱寡歡。」

「你這是哪門子的自信？」

總之把理央的感想當成耳邊風。

「就算這樣，我也不敢要求、不想要求她別去，然後就束手無策。」

「祕密講出來就不再是祕密，你可以因而覺得舒坦，得知祕密的櫻島學姊卻會被迫壓抑某些

情緒，你是在意這一點吧？」

「哎，就是這種感覺。」

「確實，如果要把祕密帶進棺材，我認為別講出來比較不用掛念多餘的事，可是……」

理央暗藏玄機般停頓，看向咲太。

「可是什麼？」

「櫻島學姊不是這樣吧？我認為她也想成為劇情裡的登場角色。你沒忘記她在鏡頭前面光明正大宣布有交往對象吧？」

這是最近發生的事。「櫻島麻衣」第一個緋聞。許多鏡頭拍到她和咲太在一起的畫面，照片在網路流傳，還刊登在週刊雜誌，迅速成為眾所皆知的事情。

這場騷動是以麻衣自己的發言平息。她在參加新電影製作發表會的媒體面前客氣地回答記者的問題，害羞地承認正在和咲太交往。

「那個狀況是因為當時只能那麼做。」

雖然世間不知道，不過兩人被拍到照片的那時候，麻衣與和香受到思春期症候群的影響導致身體對調。換句話說，照片拍到的其實都是和香，不是麻衣。麻衣為了避免和香抱持罪惡感而漂亮地平息了這場騷動。

「就算這樣，她遇到問題都會好好面對吧？」

「是啊。」

大概是童星時代就在演藝圈嚴格鍛鍊，麻衣就是如此堅強，這是事實。

「如果是關於你的事，我認為就更不用說了。」

「因為麻衣小姐似乎比我想像的還喜歡我。」

「這我就不知道了……」

理央說得心不在焉。原因在她手中。她正在滑手機。

「話說，妳從剛才就在做什麼啊？」

大概是在搜尋什麼資料吧。

難得看到理央一邊說話一邊滑手機。

「因為很麻煩，我就寫信向櫻島學姊回報這段對話。」

「啊？」

好像聽到不得了的發言了。大概是多心吧。

「她說她現在過來。」

「等一下！」

看來不是多心。

「電子郵件網址是學姊在暑假時告訴我的。就是在你家過夜那時候……她說發生什麼事情就

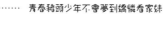

聯絡她。」

「我沒聽說過這種事！」

咲太不滿地表示「為什麼要這麼做」，全心全力地抗議。

「我說啊，雙葉……」

咲太想繼續抱怨，但他只能講到這裡。走廊方向傳來腳步聲。熟悉的腳步聲，從容且散發幽雅氣息的走路方式。如今咲太不可能聽錯。

咲太反射性地面向門口。

緊接著，物理實驗室的拉門開啟。

現身的當然是麻衣。

「那麼，兩位請自便。」

理央說完起身。

「叛徒！」

咲太朝逐漸離去的背影這麼說，但理央毫無反應。

「雙葉學妹，謝謝。」

「不會。我告辭了。」

在門口擦身而過時，理央向麻衣點頭致意，就這麼頭也不回地走出物理實驗室。

腳步聲逐漸遠離。在腳步聲完全消失的時候，麻衣踏入教室，伸手向後緩緩關上門。

「……」

「……」

從麻衣現身至今，兩人一直四目相對。咲太覺得光是移開視線就會惹她不高興，所以不敢這麼做。

「咲太。」

「有，請問有什麼事？」

只有咲太與麻衣的物理實驗室洋溢著奇特的緊張感。

「六點回得來嗎？」

咲太以為會被罵，麻衣卻以溫柔語氣這麼問。

「咦？」

咲太聽不懂這句話的意思，驚叫出聲。

「今天早上，我說過會去幫你做晚餐吧？」

「啊，是的。我想，應該回得來。」

雖然不知道寫信的「翔子小姐」目的為何，但既然麻衣要求六點回家，咲太就會準時回家。

但他看不透麻衣的想法。究竟是怎麼回事？

「這樣啊。那麼，我大概會在那時候過去。」
「好的。」
「……」
「……」
即使等了一會兒，麻衣也沒繼續多說什麼。她想說的似乎到此為止。
「那個……麻衣小姐，就這樣？」
「怎麼啦，希望我吃醋？」
「哎，是有那麼一點啦……但我覺得這樣真的好嗎？」
咲太觀察麻衣的臉色，慎重詢問。
麻衣就這麼帶著一臉微笑走過來。
「當然不好。」
她說完捏著咲太的臉頰。
「好痛好痛！」
「比起我的邀約，我男友想優先赴以前女人的約耶。咲太，你覺得這樣哪裡好？」
「是的，不好意思，當然不好。好痛好痛！」
「喔～～你不否認她是你以前的女人啊？」

「不不不，我和翔子小姐的關係，我之前就說過吧？不是那麼美妙的關係啦！」

「嗯，我知道。」

麻衣不是滋味地說。她的手依然捏著咲太的臉頰。

「就是因為知道，我才沒多說什麼就放你赴約啊。但你說『這樣真的好嗎』是什麼意思？」

「抱歉，我不該問得這麼不解風情。」

「何況……我不知道該怎麼形容，但我也在意『她』的事。『翔子小姐』與『翔子小妹』……她們兩人的關係也令我在意。」

「確實。」

咲太在這方面的想法也相同。遇見國中生翔子之後，他一直在意著這件事。雖然不認為是不同人，卻也不是同一人的現實。

今天要是能見到寫信的翔子，或許可以知道某些端倪。咲太抱持這種期待。

「所以麻衣小姐才准我赴約啊。」

「還有，我知道至今依然有所眷戀。」

麻衣以莫名抱持確信的語氣如此指摘。

「誰眷戀誰？」

「你眷戀翔子小姐。」

「不，沒有啦！」

咲太一心想再見到翔子一次才會報考峰原高中，這是事實。昔日那份喜歡的心情也沒有虛假。但現在咲太內心大部分都由麻衣所占據，咲太認為這部分已經無從撼動。

「我說的不是這種眷戀……你兩年前消沉的時候，她是你的支柱吧？」

「這部分，妳說得是。」

咲太如果沒認識翔子，現在的生活恐怕會截然不同。翔子就是如此特別的存在。但咲太不記得自己曾經好好向她道謝。自覺被翔子拯救的時候，已經再也見不到她了。

咲太不知道那天是最後一天，沒能做個結束，也沒做好心理準備，就這樣和翔子分開。他沒想到從此再也見不到翔子。那天，咲太抱著今後隨時有機會見面的心態，和翔子說「再見」之後分開了。

麻衣捏著咲太臉頰的手指放鬆力氣。

「變紅了。」

麻衣溫柔地撫摸自己造成的結果。

「我個人不希望你留下奇怪的眷戀。既然有幸得到機會，希望你好好做個了斷。」

麻衣說的「好好做個了斷」聽起來有好幾種意思，但咲太沒逐一確認。用不著確認，咲太也知道她最想表達的是什麼意思。他身為男友想回應這份心意，要是連這種事都做不到就太遜了。

像這樣得到原諒，咲太算是一敗塗地。

能將成熟想法付諸實行的麻衣何其耀眼。

「有什麼感想嗎？」

麻衣投以老神在在的笑容。如同看透咲太愈來愈喜歡她的心情，露出惡作劇的笑容。

雖然這麼說，咲太也不甘乖乖服輸，所以沒回答麻衣就當場轉身。

「咲太？」

咲太無視於麻衣的疑問站在窗邊，將一扇窗子完全打開。

然後大大吸一口氣。

「麻衣小姐，我喜歡妳～～！」

他朝著操場大喊。

「喂，咲太？」

麻衣難得發出慌張的聲音。

「好喜歡妳～～！……好痛！」

咲太的腦袋突然從後方被用力敲了一下。

他裝出很痛的樣子轉身一看，麻衣帶著為難又害羞的表情瞪過來。

「很丟臉啦，不要這樣。」

「我認為要做到這種程度，麻衣小姐才會知道我的心意。」

「這會造成我的困擾。」

「咦～～」

「用其他方式表現誠意吧。」

麻衣稍微噘起嘴鬧彆扭。

「那個，不然……」

咲太輕輕搭著麻衣的肩膀，緩緩將臉湊過去，但麻衣的手迅速擋在臉與臉之間。她毫不留情地推開咲太的臉。

「好痛好痛！」

漂亮的相撲推掌。

「咦？為什麼？」

「為什麼我非得和即將跟以前的女人見面的男友接吻？」

「我以為妳剛才原諒這件事了。」

「要見面沒關係，不過坦白說，這件事就是讓我內心不是滋味。」

該怎麼說，聽了就發現她這個意見很中肯。即使理性或邏輯上答應見面，心情也不一定跟得上這個決定。雖然不願意，卻也逼不得已……這種事比比皆是，這次也是其中之一。

「要好好討我歡心，否則我不准你做這種事。」

麻衣刻意哼了一聲表達內心的不滿。

回程買布丁當伴手禮就行嗎？

如果是妹妹楓，用這招就能搞定。無論再怎麼鬧彆扭，只要拿出高級一點的布丁，她很快就會恢復好心情。真的是魔法道具。

「話說在前面，買布丁給我也沒用喔。」

麻衣冰冷的雙眼看透咲太膚淺的想法。

「呃，那麼，我該怎麼做？」

「自己想。這是今天晚餐前的作業。」

「咦～～」

咲太發出近乎哀號的不滿聲音，麻衣隨即露出滿意的笑容。

2

下午上課時，咲太沒聽老師講課，專心做麻衣出的作業。麻衣只出了一題。

——Q：試著討麻衣小姐的歡心。

這是非常難的題目，大概比國立大學的入學考題還難。

在正常狀況下，咲太將心意傳達給麻衣就可以順其自然求得原諒，但這一招在這次應該不管用。連朝著操場大喊都失敗了，講千言萬語恐怕都無法讓麻衣消氣吧。

那麼，改變戰略送個禮物就行嗎？不，感覺她會說「不准拿東西敷衍」而更不高興。說起來，咲太也完全不知道麻衣收到什麼禮物會開心。麻衣是堪稱家喻戶曉的女星，感覺如果她真的想要什麼東西就會自己買。

作業遲遲沒進展。

「傷腦筋……」

難道是多心嗎？咲太覺得像這樣傷透腦筋就已經是了不起的懲罰了。麻衣或許是看透這一點才出這個「作業」給他。

咲太認為這個作業設計得非常好。時間進入下午之後，咲太滿腦子只有麻衣。不對，今天上午也一樣，浮現在腦海的盡是麻衣的事。

即使如此，到最後依然沒得出解答，宣告下課的鐘聲就響了。

回家前的班會也很乾脆地結束，進入放學時間。

咲太拿著書包起身，發出苦思不解的聲音來到走廊。

剛踏出教室門口，就差點撞上旁邊走過來的高大學生。

「喔，抱歉。呃，什麼嘛，原來是咲太。」

仔細一看，這個學生是咲太的朋友——國見佑真。

「什麼嘛，原來是國見。」

明明已經是十月中，佑真的肌膚卻依然殘留著曬黑的痕跡。他穿著繡有「峰原高中籃球社」的運動服。

「今天也要練球？」

「哎，幾乎每天都要練就是了。」

佑真除了社團活動，還和咲太一樣在連鎖餐廳打工，所以令人驚訝。感覺他真的很耐操。

咲太和佑真並肩踏出腳步。雖然目的地不同，但既然佑真要去體育館，那麼兩人直到一樓都同路。

「我說國見……」

「嗯？」

「你啊，是怎麼討女友歡心的？」

「啊？問這什麼問題？」

咲太突然這麼說，引得佑真哈哈大笑。

「你和櫻島學姊吵架嗎？快去道歉求她原諒吧。」

不知為何，佑真似乎很樂。

「國見，你偶爾也會和女友吵架吧？絕對會吧？畢竟是那種女友。」

佑真的交往對象是同樣就讀峰原高中的二年級女生，和咲太同班，叫做上里沙希。是二年級有名的正妹，在班上率領最亮麗的女生小團體，也是全班的領導者。不知道是不是因而秉持某種自尊，她對於孤立的咲太總是採取頗為嚴厲的態度，之前甚至要求咲太「不准和佑真說話」，咲太對此由衷嚇了一跳。

這種激烈起伏的情緒應該偶爾也會在佑真面前展現，否則咲太無法接受。

「『那種女友』是哪種女友？」

「大方地把自己的正義感也分享給我的出色女友。」

「因為上里很率直啊。」

佑真即使知道咲太話中含意，也總是這樣裝傻朝善意的方向解釋，絕不會說女友壞話。

「總之，她不高興是家常便飯。」

佑真似乎回想起往事，露出苦笑。

「你怎麼討她歡心？」

「我只做普通的事情而已。」

「反正你的『普通』應該是很帥氣的應對方式，所以快給我從實招來。」
「咲太，你把我當成什麼人啊？真的很普通啊。像是用免費通訊軟體的傳訊功能傳一些挺好玩的貼圖。」
「這是怎樣？」
「互傳貼圖一陣子之後，覺得這樣意外地蠢，就覺得『哎，算了』這樣。」
「我又沒手機，你講這個是在挖苦我嗎？」
「是你先問的，我才這樣回答啊。」
佑真笑著回答時，在走廊擦身而過的學弟向他打招呼，他舉手回應。
「除此之外呢？」
「約她去她說過想去的地方約會。」
「喔……」
「送她說過想要的東西。」
「還有嗎？」
「啊，她喜歡『咬人熊～～』這個熊的吉祥物，所以我送過相關的精品。就這樣吧。」
「國見，你也很辛苦耶。」
佑真說的比咲太想像中還多，咲太不禁感到同情。

「這是對女友做的事，哪會覺得辛苦啊？」

「這種會博得好感的發言是多餘的。」

「讓我講這種話卻是這種態度？」

佑真即使嘴裡抱怨，心情卻很愉快。

「總之，這是很好的參考。謝啦。」

「嗯。那我去社團練球了。」

快到校舍門口時，佑真輕輕舉手之後轉身走向戶外走廊。走廊另一頭是體育館。

咲太目送佑真離去的背影，依照剛才收到的建議思考。

「……」

但他立刻陷入瓶頸。

「我沒聽麻衣小姐說過她想去哪裡，或是想要什麼東西耶。」

這就是原因。

這麼一來，佑真難得提供的建議也派不上用場。首先必須試探麻衣。不過以麻衣的能耐，即使咲太拐彎抹角不經意地詢問，麻衣肯定也會察覺他的意圖，而且會進一步將他逼入絕境。

看來只能思考其他方法了。

咲太一邊想一邊走到鞋櫃前。在換穿鞋子，將脫下的室內鞋收好時，他感覺自己出現異狀。

「糟糕，想大號。」

不是單純的便意，是心因性的便意。看來在緊張。雖然這麼說，如果因為上廁所而錯過翔子的約，那可就慘不忍睹了。

咲太認為忍一下應該可以忍過去，便走出校舍。

他比平常稍微加快腳步，接連超越慢吞吞走著的其他學生。

不久，看到校門了。在門外，黃黑條紋的平交道柵欄伸向天空。

熟悉的日常風景，放學的學生們在這樣的風景中一如往常地走。不過咲太愈接近校門就愈覺得氣氛和平常不太一樣。穿越校門的學生們在意著某些東西。

咲太繼續走向校門，發現一個女學生佇立的背影，長髮微微隨風搖曳。那是咲太非常熟悉的人物，麻衣。

「麻衣小姐，怎麼了？」

咲太當然不能視而不見，便出聲詢問。

「啊，咲太。」

麻衣轉過身來繼續說：

「你來得正好，這女生好像有事找你。」

麻衣說著再度轉身，面向站在校門旁邊的少女。少女身穿別校的制服，戴著眼鏡，年齡比咲太小，表情依然殘留稚嫩氣息。感覺經常看到的這套水手制服似曾相識。

「……」

或許是多心，不過很像咲太搬到藤澤之前……住在橫濱市當時所就讀的國中制服。垂入記憶之海的釣線傳來纏住東西的觸感。某個東西上鉤了。

「有事找我？」

為了確定這個東西是什麼，咲太詢問身穿水手制服的少女。

「是的，有事找楓兒的哥哥。」

咲太聽過這個稱呼。這輩子直到現在，只有一個人稱咲太為「楓兒的哥哥」。

「那個，大哥不記得了嗎？我是同一棟公寓……住在大哥樓上的鹿野琴美。」

幾乎在少女自報姓名的同時，咲太也想起來了。

「……我現在想起來了。」

咲太與楓搬到藤澤市之前認識的人，住在橫濱市當時認識的人。而且，這個女生也是楓的朋友……

「那……那個……」

琴美心神不寧地在意周圍。

這裡是放學時間的校門口，許多學生行經這裡。身穿別校制服就很顯眼了，而且家喻戶曉的

名人麻衣以及在校內就負面意義來說很有名的咲太也和她在一起，難免引人注目。

好像還傳來清脆的竊笑聲。原因恐怕是午休時咲太的高聲示愛。不知情的琴美以為大家在笑她，身體愈縮愈小。

「咲太，換個地方吧？」

「說得也是。」

關心琴美的麻衣如此提議，但咲太回答時有點含糊，因為他對於現在的狀況頗感困惑。他沒想到會遇見以前的朋友，沒想過會以這種形式重逢。

「那……那個……對不起，我突然過來造成困擾吧？」

「不，這我完全不介意。」

咲太以稍微開始運轉的腦袋思索該怎麼做。琴美專程來訪，就算咲太有事要忙也不忍心叫她回去。對於國中生琴美來說，轉搭電車來到鄰市應該就是一場大冒險。咲太不能糟蹋琴美小小身軀蘊藏的勇氣，如果事情和楓相關就更不用說了。

「那個，麻衣小姐，雖然非常難以啟齒……」

咲太只想到一個方法。

「知道了。我幫你去海邊。」

麻衣搶先說完，嘆了口氣。

「只要認識翔子小妹，看一眼就認得出來吧？」

這個問題當然是「就算『翔子小姐』現身……」的意思。

「是的，應該認得出來。」

雖然自己說不太對，不過真的可以將翔子的事託給麻衣嗎？咲太感覺人生筆直朝著慘烈的情場前進。

就算這麼說，也不能扔著突然前來的琴美不管。要是帶她去約見面的地方更奇怪。

「既然變成這樣，那也沒辦法吧？」

麻衣應該也從琴美緊張的樣子察覺到非同小可的氣氛。她看著琴美側臉的表情也有點嚴肅。

「結束之後來接我。」

麻衣單方面做出結論，率先快步離開。

脫離右轉前往車站的學生人潮，筆直走向海邊。

狀況變成這樣就沒辦法了。

確實如麻衣所說。

咲太輕輕做個深呼吸。

「那麼，我們也走吧。」

他如此催促琴美。

「歡迎光臨。」

咲太帶著鹿野琴美進入店內，站在收銀檯前的工讀生大姊姊充滿活力地迎接。

兩人來到距離峰原高中不到五分鐘路程的速食店。

店內約五成的座位有人坐，洋溢著下午的悠閒氣氛。

咲太帶琴美來到靠海的座位，自己也隔著桌子坐在她的正對面。雖然是在各地廣開分店的連鎖速食店，不過這間店座落於能夠眺望海景的地點，令人覺得是非常特別的餐廳。

琴美的感想也和大家一樣，儘管內心緊張，面對窗外的大海依然說著：「哇，好壯觀耶。」率直地覺得感動。

坐享美景，餐點價格卻和其他分店相同，所以感覺賺到了。只是說來遺憾，剛才在店門口看到「本店將於本月底結束營業」的告示。

服務生端上柳橙汁，取走號碼牌。琴美有點惶恐地插入吸管。

「抱歉突然打擾。大哥原本有什麼事嗎？」

她在喝果汁之前客氣地詢問。

「這部分已經沒問題了。」

其實問題可大了。等等要去海邊，咲太感到非常害怕，但也只能豁出去了。做人最重要的就是放棄。

「對不起。」

琴美再度以清楚的話語道歉。

她活潑的模樣和咲太記憶中的完全一樣。咲太在幼稚園時代就認識琴美，她是個很能幹的女生，做任何事都比同年紀的孩子做得好。相對的，楓做什麼事都有點笨拙，記得當時受到琴美不少幫助。

等待吃得慢的楓吃完東西，或是牽著跑得慢的楓一起跑。

加上彼此住在同一棟公寓的三樓與四樓，因此琴美幾乎每天都和楓玩在一起。

這樣的琴美與楓在小學六年期間一直同班。

升上國中才編到不同班。

即使如此，記得在最初的那個月，兩人還是一起和樂地上學。

大概是在黃金週過後逐漸產生變化。彼此和班上朋友共處的時間變長，咲太鮮少看到她們兩人在一起。琴美上國中之後也不再來家裡玩了。

咲太記得的琴美只到那時候。

當時她沒戴眼鏡，比較孩子氣。相較於當時，如今五官分明得多。

「啊，眼鏡……嗎？」

琴美大概是察覺到咲太的視線便拿下眼鏡，有點不好意思。

「我不擅長戴隱形眼鏡。只要像這樣想戴在眼睛上，無論如何都會閉上眼睛。」

琴美做出戴隱形眼鏡的動作。

看來凡事做得好的琴美也有不擅長的事。人對於他人總是似懂非懂。

實際上，琴美為什麼會在這時候來訪？咲太猜不透她的真意。

「怎麼會突然過來？」

所以，咲太只能這樣直接詢問。

「還有，為什麼知道這裡？」

搬到藤澤的時候，咲太沒對任何人透露去向。為了遭到霸凌導致內心受重創的楓，咲太必須帶她到陌生的城鎮。

「我……一直想忘記。」

低著頭的琴美輕聲說。她心不在焉地看著被揉皺的吸管包裝。

「楓兒吃那種苦，我卻什麼都做不了……結果楓兒跟大哥搬走……」

「……」

「在那之後……楓兒被霸凌的事件鬧上檯面。包括老師還有教育委員會的人，好多不認識的大人都出面……然後，輪到當時欺負楓兒的女生們被全校學生口頭或用文字罵『去死』、『給我消失』……後來那些女生都不來上學了。」
「……這樣啊。」
咲太第一次聽到這件事。搬到藤澤之後，他一直避免想起故鄉的事。他將手機扔到海裡，藉以完全拋棄以前的人際關係。
「她們不來學校之後，校內有種除暴安良大功告成的氣氛……等到事情結束，再也沒人提起楓兒，感覺像是暗中達成不能說的共識……」
「這就是妳說的『想忘記』嗎？」
「對不起。」
「我不是在責備妳。何況，妳也沒必要道歉。欺負楓的是其他朋友吧？」
「可是，我什麼都沒做。楓兒被霸凌的時候，我也只在隔壁班擔心……」
「這是沒辦法的事。既然在隔壁班，妳什麼也做不了。」
學校的「班級」就是這樣的單位。以無形的堅固牆壁保護，外人光是進入教室，即使沒做壞事也如坐針氈。學生很少歡迎別班的傢伙。
假設隔壁班的琴美袒護楓，咲太認為楓肯定只會基於「真囂張……」之類的理由而遭受更嚴重的霸凌。
「楓兒搬家之後也一樣。我甚至避免提到楓兒的名字，一直想忘記，因而喘不過氣……」

琴美似乎真的覺得不舒服，將手放在自己的胸口。

「後來，櫻島麻衣小姐爆出緋聞。」

琴美終於揚起視線看咲太。

「麻衣小姐？」

一瞬間，咲太不知道她為什麼會在這時候提到麻衣。

「我看到上傳到網路的照片……覺得對方男性很像楓兒的哥哥。」

刊登在週刊的照片經過模糊處理，不過上傳到網路的照片是原汁原味。即使大多是從遠處拍攝，熟人看到照片認出特定人選也不奇怪。這種照片已經傳遍各處，不，現在應該也留下來沒有刪除。

「我認為說不定是真的，就在網路上搜尋各種資料……發現有人寫到櫻島麻衣小姐就讀這所學校。我想說來到這裡或許見得到楓兒的哥哥……冒出這個念頭之後，我就再也坐不住了。」

然後，她在校門口發現麻衣並主動搭話，咲太不久之後也剛好經過。

「請問，楓兒還好嗎？」

「很好喔。不過她太喜歡家了，走不出家門。」

琴美聽到這個回答，露出不知道是否該高興的表情。

「她真的很好，所以妳不用消沉。」

「好的……」
「妳今天是來問這個的嗎？」
「不。」
琴美有些顧慮地搖頭。
「這個。」
琴美從書包取出一本書。精裝版小說，書名是《王子給的毒蘋果》。
「楓兒借我之後，我一直沒還……」
咲太拿起來翻閱。書依然完好無傷，大概因為這是借來的書，所以小心翼翼地保管吧。
「請問……」
「嗯？」
咲太緩緩闔上書。
「沒辦法見她嗎？」
咲太隱約猜得到她會這麼問。不過正因如此，咲太裝出稍微思考的樣子之後看向海。
「我認為最好別見。」
他這麼回答。
「……」

「因為應該會不知所措。」

「這樣啊……說得也是。她過得很好，我去了只會讓她想起往事。」

咲太剛才那句話的意思是「琴美會不知所措」，但他覺得琴美就這樣誤會也無妨，所以刻意不解釋。

「對不起。我光是想自己的事就沒有餘力……」

「妳見到楓之後要怎麼做？」

「咦？」

「決定一開始要說什麼了嗎？」

「……沒有。」

「那麼，至少決定要說什麼再見面比較好。」

琴美思考片刻，低頭回答。

「……」

「雖然可以讓妳們見面之後順其自然聊下去，但我隱約覺得妳們聊不起來。」

咲太也覺得自己講得很囂張，但他知道這是事實，而且既然知道，先告知琴美當然比較好。

「請問……」

「嗯？」

「方便請教大哥的聯絡方式嗎？」

琴美從書包的小袋子裡取出手機。手機套著熊貓圖樣的保護殼。

「啊，抱歉。我沒手機。」

「咦？」

琴美不敢置信般睜大雙眼。

「楓說她沒辦法接受。」

「啊……」

知道隱情的琴美聽這句話就懂了。來電鈴聲或震動會讓楓敏感地反應，咲太認為這個反應的正確形容方式是「害怕」。

「那……那麼，請收下我的號碼就好。」

琴美說著從書包取出活頁紙，仔細切下邊角並寫上十一位數的號碼。

她將這張紙條遞給咲太。

「我不知道見到楓兒之後一開始應該說什麼，但我希望將來還有機會好好聊小說。」

「這樣啊。謝謝。」

但願這天會來臨。咲太真的希望如此，因為他現在甚至難以想像楓和朋友開心交談的樣子。

如果今天成為將來這種日子的第一步，不知道該有多好。咲太如此心想，收下寫著琴美手機

號碼的小紙條。

該說的話說完之後，咲太與琴美一口氣喝光剩下的柳橙汁，走出店門口。

咲太走向七里濱站送琴美搭車。

一路上，咲太與琴美沒有交談。琴美似乎在想事情，所以咲太沒搭話。

「那個，楓兒的哥哥……」

在車站月臺等電車的時候，琴美開口叫他。

「什麼事？」

「剛才那本書，可以繼續放我這邊嗎？」

「……」

咲太沒有立刻回答，因為他隱約想像得到琴美來還書的原因……絕對不是為了遵守小時候學到的「借東西一定要還」這個原則。

正如琴美本人剛才所說。

——原本想忘記。

可是，忘不了。

自己每天起居的臥室裡有一本和楓有所交集的書，當然不可能忘記。不經意注意到書就會回想起來。

正因如此，琴美今天才會出現在咲太面前。這麼想就可以解釋一切。

「如果覺得累，我認為可以放掉。」

咲太看著鐵軌這麼說。有時候應該也需要這種選擇。

「因為要把所有事情做好是一件很累的事。」

「……說得也是。」

琴美輕聲同意。

「如果妳明知如此，依然想親手把書還給楓，我當然不會阻止。」

「嗯。」

「只是，我不保證能迎接美好的結果，也不知道這一天是否會來。」

「……」

咲太叮嚀之後，琴美再度思考。看表情就知道她內心舉棋不定。想放掉書讓自己解脫的心情；想以心目中最好的方式解決的潔癖。這兩者在內心各占一半，而且相互鬥爭拮抗。

不過正因如此，咲太從書包拿出書。因為感到苦惱才會覺得留下和楓的這份聯繫也不錯。

「……」

琴美的視線落在書的封面。《王子給的毒蘋果》這個書名也映入咲太眼簾。對琴美來說，這

本書是毒蘋果。而且對楓來說，恐怕也可能成為毒蘋果。

琴美緩緩伸手抓住書。從她的指尖感覺到她還在遲疑。

即使如此，在電車進站時，琴美依然朝手指使力，將書收到自己胸前。

她向咲太行禮致意之後上車。

「回家路上小心啊。」

「好的。」

車門緩緩關閉。

電車起步時，琴美再度在車上鞠躬，咲太輕輕舉手回應，等到載著琴美的電車開往鎌倉方向消失之後才獨自出站。

咲太沿著原路回到沿海道路。

剛才和琴美長談，所以太陽已經來到西邊低點，即將沉入江之島的另一頭。

咲太等國道路口的綠燈亮起之後，走到馬路另一側。行人穿越道的盡頭有一條通往沙灘的階梯。一步步走下階梯的雙腿神奇地不會緊張。

從最後一階踏出腳步，腳底傳來沙子的柔軟觸感。身體稍微下沉。

不便行走的雙腳慢慢在沙灘上前進。

眼前是遼闊的七里濱海面。

今天還算是風平浪靜。大概不適合衝浪吧，不過剛好可以像這樣看海打發時間。

沐浴在夕陽光下的海面反射紅褐色的光輝，彷彿另一個世界。

遠方可見的海平面是世界的終點。

不過，以為位於遙遠另一頭的那個地方距離這裡只有四公里左右。峰原高中馬拉松大賽要跑的距離還比較長。

今天不是假日，環視周圍也幾乎看不見人影。附近只有拚命拿手機拍照的一群女大學生、遛狗的大叔，以及一名身穿峰原高中制服的女學生。

女學生按著隨風飄揚的長髮，站在海岸線。

咲太走到她身旁。

「麻衣小姐，久等了。」

「那孩子呢？」

麻衣確認是咲太之後，以平穩的聲音詢問。

「我送她去車站了。」

「這樣啊。」

簡短的回應。潮來潮去。

「抱歉。」

麻衣說了。

「嗯？」

「那孩子來找你，是因為上次的緋聞吧？」

麻衣明察秋毫，所以在琴美找她打聽咲太的事情時應該就察覺這方面的原因了。

「真希望麻衣小姐對我做點好事當作賠禮耶。」

「我不會做任何親密舉動。」

「咦～～」

「我不是說過要等你討我歡心嗎？」

麻衣的眼神在說「這是兩回事」。

「那麼，這部分我先放棄，我想拜託麻衣小姐一件事。」

咲太當場蹲下，挖出一半埋在沙子裡的石頭。

「聽你怎麼說吧。」

不知為何，麻衣回應之前就有點傻眼，或許是以為咲太要講什麼怪事。真令人遺憾。

「麻衣小姐，晚飯吃完有空嗎？」

「有啊，怎麼了？」

「那麼，希望妳教我功課。」

「因為下週要期中考嗎？」

麻衣相當不是滋味的樣子，一臉期待落空的表情。

「哎，這也是原因之一啦，不過……」

「不過什麼？」

「因為我想和麻衣小姐上同一所大學。」

咲太維持相同的語氣，朝海面說出這個結論。

「……」

大概是咲太這番話出乎預料，麻衣愣住了。但她看著咲太的臉立刻愉快地變了表情。

「這是誰傳授給你的？」

「我找國見研究和女友和好的方法。」

「原來如此。」

可以的話，咲太想選更簡單的方法。不過除了「想上同一所大學」之外，咲太沒聽麻衣說過「想去的地方」或「想做的事情」。

循著記憶找到的是關於考大學的話題。

「我本來想原諒你，不過收回。」

「咦，為什麼？因為我問了國見？」

「因為你不情不願。」

「當然啊，畢竟我不想用功。」

「你想和我上同一所大學吧？」

「該說這是兩回事嗎……」

「這是怎樣？哎，很像你的作風就是了。」

「希望妳務必穿兔女郎裝教我。」

「不准得寸進尺。」

腦袋被敲了一記。

「好痛！」

其實一點都不痛，但咲太依然按著頭仰望麻衣。

「啊，對了。」

兩人四目相對時，麻衣像是想到什麼般露出惡作劇的笑容，一副非常愉快的表情，證明她腦中浮現某個將咲太逼入絕境的戰略。

「我要不要等一年再上大學呢？」

「啊？」

「畢竟你說過無論如何都想和我上同一所大學。」

正如預料，麻衣語出驚人。

「慢著，不，這是……」

「而且我認為這樣的話就有更多時間和你一起共度。」

「或許是這樣啦……」

「怎麼了，不願意？」

麻衣扠腰演著蹩腳戲。她明顯表露不悅，簡直是故意的。

「並不是不願意……是擔心一些事。」

要是讓麻衣等一年，咲太絕對不被允許落榜，考上是唯一的選擇。麻衣正是看透這一點才如此愉快地將咲太逼上絕境吧。她封鎖退路，一臉笑咪咪的表情。

「不用擔心喔。」

「意思是就算只有我落榜，麻衣小姐也不會生氣？」

「意思是我等你的這一年會當你的家庭教師。」

「努力不一定會獲得回報吧？」

「咲太，你喜歡我吧？」

「那當然……」

咲太的退路非常輕易就被斷得一乾二淨。

「不過麻衣小姐，妳當真？」

「這是個好點子吧？」

麻衣露出天真爛漫的笑容。這是「不准繼續囉唆下去」的強烈警告。即使如此，考量到要背負的風險，咲太不能輕易讓步。

「但我認為這樣會浪費麻衣小姐寶貴的一年……」

「為了和你共處而用掉的時間，為什麼叫浪費？」

用來試探而投出去的球被輕易打到右方看台。

如果為了討麻衣歡心而這麼做，後續的代價太龐大了。咲太或許做出了相當不得了的提議。

不過，事到如今才察覺也來不及了……

「那麼，我先回去了。」

麻衣重新背好書包。

咲太見狀起身。

「我也要回去。」

「咦？」

吃驚的麻衣停下腳步。

「不用等『翔子小姐』嗎？」

「畢竟太陽快下山了……而且就算繼續等，也不知道會不會來吧？」

太陽已經躲在江之島後方了，再來就是西沉迎接黑夜來臨。

「畢竟楓也餓著肚子在等。」

「如果你要這麼做，我沒意見。」

「啊，不過我姑且把想說的事說一說吧。」

「怎麼說？」

咲太沒回答這個問題，用鞋子在沙灘上畫線。先畫一條，再畫一條，然後繼續畫線。

有直線，也有曲線。某些線交叉，也有某些線相連。

在麻衣的守護之下，這個工作約五分鐘後完成。

「那麼，麻衣小姐，回去吧。」

咲太催促麻衣踏出腳步。走上階梯轉身一看，咲太畫的線清晰地留在沙灘上。

寫給翔子的訊息。

當初遇見她的時候，咲太覺得自己真的處於人生谷底，憤世嫉俗。

和翔子的邂逅成為重新振作的契機，她的話語在後來成為咲太的支柱。

像這樣成為高中生，雖然不知道是否算合乎體統，但咲太過著還算充實的每一天。這段訊息就是用來告知翔子他的「現在」。

——我交到女友了　咲太小弟上

旁觀的麻衣露出傻眼與竊喜的笑容。

「加上『可愛的』比較好嗎？」

「只要你心裡這麼想就好吧。」

「我心裡覺得我的女友超可愛喔。」

「是是是。」

雖然是真心話，麻衣卻隨意帶過。即使如此……踏出腳步的麻衣主動牽起咲太的手，所以這種小事很快就變得不重要了。

3

和麻衣一起返家的路上，繞到藤澤站附近的超市採買食材。再度來到室外時，天色已經完全暗下來了。太陽西沉，仰頭看得見星空。

時間是六點出頭，白晝變得短多了，證明時節進入深秋，冬天的腳步逐漸接近。沒了陽光之後氣溫就迅速下降，風也好冷。

咲太與麻衣以自然的腳步走向公寓。

「麻衣小姐……」

離開站前，行人減少的這時候，咲太隨口發問。

「嗯？」

麻衣輕輕看他一眼。

「妳曾經冒出過不想上學的念頭嗎？」

「怎麼突然這樣問？啊，也沒什麼好突然的。」

麻衣一度提問，卻立刻自我解釋。

「是關於小楓的事？」

「總覺得今天有好多契機讓我想起往事。」

久違的鹿野琴美以及「翔子小姐」的信。這都是咲太留在過去的東西，而且都和楓有關。

「啊，不過我最常想的是麻衣小姐的事。」

「這不重要。」

明明不是謊言，麻衣卻冷漠地帶過。

「我的話……嗯，無論是小學還是國中，我幾乎每天都不想上學。」

「是嗎？」

「我上次說過吧？當童星之後不太能融入學校，在班上也沒朋友。」

「這麼說來，妳確實說過。」

「就算上學也只會聽到女生在暗地裡說我壞話，笨男生跑來找碴很煩……我只覺得上學是件苦差事。為了工作而沒辦法上學的日子，我反而輕鬆。」

「該怎麼說，麻衣小姐太特別了，沒辦法當參考。」

「是你自己問我的吧。」

帶著魄力的視線刺向咲太。在大銀幕獨自承受所有觀眾視線的雙眼力道，還是不要正面承受比較好，全身會凍結。

「沒有啦，因為……」

「那麼，你當時是怎樣？」

「我？」

「去年傳出『送醫事件』的謠言之後，你在班上沒有容身之處吧？當時你怎麼做？」

「如妳所見，我毫不在意地正常上學。現在基本上也是每天上學啊。」

「不愧是咲太。」

「畢竟我不喜歡因為在意周圍目光，被旁人當成自我意識過剩。」

「但我認為以你的狀況來說，應該是缺乏自我意識。」

不知為何，麻衣傻眼地說：

「一般來說，都會在意旁人的目光喔。」

「經常上電視的麻衣小姐講這種話？」

「這是什麼意思？」

麻衣明明知道卻如此反問。不過這是陷阱，是故意要咲太回答，一心想要責備他。

「字面上的意思。」

所以咲太含糊帶過。麻衣輕聲說著「囂張」，不滿地嘟嘴。

但她立刻回復為原本的表情。

「學校是有點特殊的環境。」

她隨口這麼說。

「是嗎？」

「雖然理所當然，但同學全都同年吧？」

「是啊，畢竟是同年級。」

麻衣究竟想說什麼？

「所以啊，不覺得這種環境最容易讓人理解自己和周圍的差距或差異嗎？」

「啊～～原來是這個意思。」

咲太認為這很像麻衣會說的意見。如果不是麻衣，應該很難冒出這種想法吧。

一般來說，人們不會對學校這個環境抱持疑問。

還來不及覺得這個環境特殊，就被灌輸「這是理所當然」的觀念。

快一點的話，在懂事之前就被送進安親班或幼稚園，依序就讀國小、國中與高中。無論去哪個環境，周圍也盡是同年紀的孩子。

所以會認為世間就是這麼回事。會如此認定。

在同儕當中，大家都想確立「自我」，拚命尋找自己的容身之處。

不過真要說的話，或許如麻衣所說，因為待在同儕集團，所以和他人的些微差異總會引人注目。例如那個傢伙長得高、那個女生很可愛、那個傢伙很聰明、那個男生很英俊……眾人以彼此為基準尋找差異。因為年齡相同，所以在年齡以外的部分尋找自己哪裡和別人不同、哪裡比別人出色、哪裡比別人遜色，尋求彼此的相異點。

以這種比較的方式尋找自我。

不過到頭來，這個方法等同於評定彼此的優劣，感覺只會令人逐漸喘不過氣。

這就是麻衣說的「特殊環境」。同學是映出自我價值的鏡子，這樣的鏡子太多了，要是一一在意每面鏡子真的會沒完沒了。

「以我的狀況，我早早就被扔進演藝圈，不同年齡層的人們聚在一起拍電影或電視劇……所以我反而覺得學校為什麼有這麼多孩子。」

「就是因為這麼想才沒能融入學校喔。」

「你沒資格這麼說。」

麻衣捏住咲太的臉頰，但是一點都不痛。她只是溫柔地捏住而已。

「哎，不過，我非常理解麻衣小姐為何無法融入。」

「為什麼？」

麻衣不滿地鼓起臉頰。

「因為只有妳出社會工作，手上那把尺和別人不一樣，所以當然不公平吧？」

成年人演員或是成年人導演，自己的人際關係愈廣，映出自己的鏡子也愈多。在學校看不見的東西，有時候在這種環境就看得見。

咲太剛開始在連鎖餐廳打工的時候就嘗到這種感覺。升上高中之後，感覺自己似乎也成年了，不過稍微接觸到年長的大學生，這種想法就會消退，體認到這三四年的差距會大幅改變生活方式、金錢觀念與行動範圍的廣度。

光是待在學校，有很多事情學不到。然而，待在學校會覺得學校這個空間就是整個世界，學校不會傳授「天外有天」這個道理。

「不過，我不否定你的說法就是了。」

「對吧？」

「不准跩起來。」

對話至此暫時中斷。過馬路之後，麻衣再度開口。

「小楓稍微變了吧？」

「可能長高了。」

或許總有一天會追上麻衣。

「我不是這個意思。」

「我知道。」

咲太認為楓已經相當適應麻衣了。剛開始麻衣來家裡時，楓只會躲在門後，但最近變得可以正常交談。

此外，楓也曾經在家裡穿國中制服。

這絕對不是小小的變化，堪稱很大的變化。

這個話題聊到一半，咲太與麻衣抵達公寓門前。

「那我換個衣服就過去。」

麻衣說完，把比較小的購物袋交給咲太。比較大又重的那個購物袋從一開始就由咲太拿著，裡面是今天晚餐的食材。

「晚點見。」

麻衣微微揮手之後進入公寓。

咲太也轉身打開大門電子鎖。咲太與麻衣住的公寓隔著一條路相對。

搭電梯到五樓。

用鑰匙開門之後，朝屋內打招呼。

「我回來了～」

總之先把東西放在玄關。

啪噠啪噠的腳步聲立刻接近。

「哥哥，你回來啦！」

充滿活力前來迎接的是妹妹楓。今天她也穿著熊貓造型的睡衣。胸前小心翼翼地抱著一本筆記本，大概是在念書吧。

咲太脫鞋之後，先把食材拿到廚房。

楓隨後跟上。家貓那須野也在腳邊磨蹭。

「啊，對了，楓。」

「哥哥，什麼事？」

「晚飯要等一下。」

「楓快要餓壞了耶。」

「麻衣小姐說她要過來做飯。」

「麻衣小姐做的飯很好吃，所以楓會忍耐！」

楓被養育成一個相當現實的孩子。

「那麼，我去換衣服。」

咲太進自己的房間，脫下制服西裝外套，再依序脫掉長褲與襯衫。

「哥哥。」

脫到剩一條內褲時，楓出聲叫他。

「什麼事？」

咲太轉頭看向站在門口的楓。從她的表情看得出緊張，或許是咲太多心吧。

「今天，楓要宣布一件重要的事情。」

將筆記本抱在胸前的手用力握緊。仔細一看，那不是做功課用的筆記本，而是楓用來寫日記的筆記本。很厚一本，封面寫著「梓川楓」這個名字，是咲太之前買給她的。

「一定要現在宣布嗎？」

只穿一條內褲聽她宣布重要的事情沒問題嗎？

「請在楓的決心打折之前聽楓說。」

她這麼說就沒辦法了。

「知道了。」

咲太就這麼只穿著一條內褲，轉身重新面向楓。

「所以，妳要宣布什麼重要的事情？」

「就是這個！」

楓猛然打開筆記本給咲太看。

「噹噹～～！」

停頓片刻之後，楓自己配上音效。

字太小看不見，所以咲太先將臉湊過去。

——**楓今年的目標！**

第一行以圓圓的可愛字體寫下這句話。

「這是什麼？」

「楓今年的目標。」

「上頭確實是這樣寫的。」

只是現在已經是十月中，楓在這個時期定下「今年的目標」讓咲太嚇了一跳。

不過關於這一點，咲太說不出指摘的話語。因為後續項目更令他在意，所以標題就變得不重

要了。

——和哥哥外出。

——和哥哥散步。

——和哥哥在海邊嬉戲。

面對這樣的內容，咲太認為「今年只剩下兩個半月」只是微不足道的問題。

「要嬉戲？」

「要嬉戲。」

「絕對要嬉戲嗎？」

「絕對！」

除此之外……

——和哥哥搭電車。

——和哥哥去買布丁。

——和哥哥約會！

內頁寫滿了這些項目。

「我說啊，楓……」

「什麼事？」

「有沒有跟哥哥以外的目標？」

「有喔。」

出乎預料的回應。有問總比沒問好。

「這裡！」

楓充滿活力地指著筆記本正中央。

——哥哥以外的人打電話來也要接。

寫在該處的目標符合咲太的要求。

「……」

突然看到和自己無關的目標，咲太受到些許打擊。

不過實際上，楓到現在只接咲太的電話，所以她寫下來當成目標也在所難免。

咲太一行行檢視楓的目標，終於看到最後一行。

——上學。

這一行的字體比前面的小了一點。

「哥哥，怎麼樣？」

「總之，目標太多了吧？」

「這是楓為了交出成果，絞盡腦汁想出來的步驟。」

楓得意地挺胸。怎麼看怎麼平的胸部。不知道楓這份自信究竟來自哪裡。

「這樣啊。」

「是的！」

「剩下兩個半月，妳交得出成果嗎？」

楓檢視筆記本。

她的臉逐漸為難地皺起來。

「外出好像很難……」

在第一關就漂亮地碰壁了。這是當然的。楓是愛家程度掛保證的少女，這兩年足不出戶。事情沒這麼簡單。

「哥……哥哥，楓該怎麼辦？」

「總之，要不要增加一些讓妳想外出的目標？」

和他人交流或上學之類的目標太難了，不如找些忠於自己欲望的目標，感覺比較容易達成。

「比方說，什麼樣的目標？」

「我想想……」

楓投以期待的目光，咲太目不轉睛地看著她。答案就在眼前。睡衣的兜帽上畫的熊貓臉。咲太和那張臉四目相對。

「像是去看熊貓。」
「熊貓！」
楓頓時露出笑容。
「是去看大熊貓嗎？」
「也去看小熊貓吧。」
「楓想看熊貓！」
楓立刻在目標欄位加上一行。
寫完之後，洋洋得意地拿給咲太看。
──**和哥哥去看熊貓。**
看來咲太無論如何都是基本配備。
「楓覺得好像敢出門了。」
「這樣啊，那太好了。別勉強，慢慢加油吧。」
「好！」
精神百倍的回應。好積極。緊接著，楓的肚子發出「咕」的聲音。
「在提交成果之前得吃飯。」
「麻衣小姐還沒來嗎？」

咲太回到家差不多已經過了二三十分鐘。

「對耶，還沒來啊。」

咲太這麼說的瞬間，告知訪客上門的門鈴響了。

只穿一條內褲去應門終究會被麻衣討厭吧，所以咲太換好居家服再走到玄關。

「喔喔！」

一開門，咲太就發出驚喜參半的歡呼聲。

站在門口的人當然是麻衣。她換上咲太沒看過的洋裝。

「這樣超可愛。」

麻衣身穿寬鬆的毛衣，衣襬長到完全蓋住大腿，底下是黑褲襪與及踝的短靴。頭髮配合毛衣的輕柔印象，綁成鬆鬆的麻花辮。雖然是復古女國中生般的髮型，麻衣配上這種髮型看起來卻很時尚，真奇妙。

「謝謝。」

麻衣以老神在在的表情不在乎地收下咲太的稱讚。她臉上寫著「不要因為這種小事就開心」。但咲太如果沒稱讚，她會生氣，而且講明這一點會更生氣，所以咲太決定沉默。

「請進。」

咲太邀麻衣入內。
「不准把我當空氣！」
接著，傳來一個不滿的聲音。
麻衣身旁有一個相較之下個頭嬌小的金髮女生。鬧彆扭的表情。
「啊～～抱歉，我沒發現。」
這當然是謊言。剛才咲太一開門，閃亮的金髮就映在視野一角。
「話說，為什麼豐濱會在這裡？」
咲太聽麻衣說過和香今天要上偶像課程會晚歸，正因如此，麻衣才過來做飯。
「蹺課？」
「怎麼可能啦！」
「她說上課的教室地板破洞，今天開始施工。」
麻衣一邊說明一邊脫鞋，說聲「打擾了」走上玄關。
「那裡破破爛爛的。」
和香噘嘴表達她對教室的不滿。此時，屋子深處傳來啪噠啪噠的腳步聲。
「麻衣小姐，歡迎。啊，和香小姐也歡迎。」
晚一步到玄關露面的是楓。以前無論誰來，她都只是躲在深處門後遠遠偷看，咲太覺得她明顯進步了。

「小楓，打擾了。」

「嗯！麻衣小姐今天也好迷人！」

麻衣的外型令楓率直地覺得感動。

兩人一邊聊一邊先走向客廳。

「咲太，你對姊姊做了什麼？」

脫長靴的和香這麼問。語氣果斷，完全把咲太當嫌犯。

「怎麼突然這麼問？」

「因為……」

和香的視線追著洋溢快樂氣息的麻衣背影。

「姊姊難得花很久時間挑衣服。」

咲太也跟著看向麻衣的背影。

「那套衣服真棒，充滿了可能性。」

長到遮住大腿的寬鬆毛衣。不知道底下是什麼樣子，妄想有增無減。

「話說在前面，姊姊有穿熱褲，只是看不見。」

和香以看著變態的眼神威嚇。

「別破壞我的夢想啦。」

打開箱子才知道真相。記得量子理論就是這種感覺。

和香把咲太的抗議當成耳邊風，繼續說下去。

「髮型也是，在鏡子前面改了好幾次。」

「是喔……」

在綁成那條辮子之前究竟換過哪幾種髮型呢？咲太都想看。下次拜託看看吧。

「姊姊這麼做……是為了你吧？」

總覺得和香有所不滿，整張臉掛著不是滋味的表情。

「豐濱，妳穿的衣服也還算可愛啊。」

「！不……不准說還算可愛！」

和香的臉頰像點火般染紅。

「那麼，就當成很可愛吧。」

實際上真的很可愛。荷葉邊的格子裙，高腰設計凸顯和香的小蠻腰。上身的女用襯衫也有荷葉邊，兼具花俏與可愛。

「我……我是偶像，這種程度的努力是天經地義！啊，不對，我沒努力！」

「啊，嗯，這樣啊。」

「……」

咲太明明表達接受之意，反倒是和香一臉無法接受的樣子。

「和香，別玩了，過來幫忙。」

「我……我又沒玩！」

和香推開咲太，逃也似的追著麻衣離開。

獨自留在玄關的咲太先鎖上門，然後踩著興奮的腳步到客廳，準備欣賞麻衣穿圍裙的模樣。

4

麻衣做的晚餐是豪華的鰤魚燉蘿蔔。鰤魚肉質厚實有嚼勁，蘿蔔不會太硬也不會太軟，火候恰到好處。

「鰤魚好彈牙！」

色香味俱全的料理，楓也非常興奮，津津有味地吃著鰤魚與蘿蔔。

「麻衣小姐連廚藝都很棒，好厲害。」

「小楓只要練習，也可以做得這麼好吃喔。」

「真的嗎？」

「真的。」

「可是，哥哥之前做的鰤魚燉蘿蔔，鰤魚都乾乾的。」

「是啊。」

大概是為了入味而燉太久了，結果加熱過度的鰤魚肉變得很柴。燉魚好難。

快樂又美味的晚餐時間結束之後，咲太和麻衣一起收拾餐具。咲太洗好後交給麻衣擦乾，放回櫃子。

剛開始，咲太要求自己收拾就好。

「兩人一起做比較快結束吧？畢竟你接下來要念書。」

但是麻衣如此施加壓力。總之就是不容分說要咲太趕快收拾之後用功。咲太沒有拒絕權。

「是要準備期中考嗎？」

在電視前面摸那須野的和香轉頭看向流理台。

「這也是原因，不過咲太說他無論如何都想和我上同一所大學，所以我要當他的家教。」

「咦？姊姊，妳要上大學？」

看來和香不知道麻衣想升學。她突然喊這麼大聲，那須野受驚嚇而逃走了。

不過，這也在所難免。

麻衣是家喻戶曉的女星「櫻島麻衣」。想到她的實力與名氣，自然認為她高中畢業之後會全心投入工作。就算不是這樣，也很難想像她身邊的狀況允許她上大學。在同樣從事演藝工作的和香眼中，這種想法應該更強烈吧。

「我打算上大學喔。前提是咲太考上。」

麻衣完全把咲太當成升學計畫的一部分。

「要考哪一所？」

「橫濱公立的某一所吧。」

「那我填志願也這樣填吧。」

「豐濱別來。」

「啊？為什麼？」

「這樣合格名額會少一個吧。」

和香看起來很像愛玩的金髮辣妹，成績卻很好，現在也就讀橫濱某所水準很高的千金學校。

「只想搶最後一個名額，絕對會落榜的。」

「就算是最後一個名額，合格就是合格啦。話說我才要問，妳想上大學？不是說好要當上頂尖偶像讓我甘拜下風嗎？」

「現在偶像業界競爭激烈，超辛苦的。」

「所以？」

「所以我要好好上大學，努力當個『高學歷偶像』。」

這麼一來，和金髮辣妹的打扮呈現反差，確實可以成為魅力之一吧。

「既然這樣，妳就應屆考上日本第一的國立大學吧。」

「話是這麼說啦……」

和香視線游移，思考藉口。

「到頭來，妳只是想和姊姊上同一所大學吧？妳的志願動機太不正當了。」

「你沒資格這麼說！你選大學也完全沒考慮過將來吧？」

「我考慮過自己和麻衣小姐的將來，才得出這個結果。」

「……」

和香呆呆地張開嘴巴，完全傻眼，看著咲太的雙眼寫著「這傢伙沒救了」。

「咲太，你認為人生是什麼？」

「大概就是消磨時間到死的過程吧。」

「……你瞧不起人生。完全瞧不起。」

「哎，想成為頂尖偶像的妳或許無法理解，不過人生並不是為了成為什麼樣的人而活。」

一瞬間，和香思索咲太這番話。但她似乎聽不懂話中具體的意思。

「那麼對你來說，要變成什麼樣子才叫作人生？」
和香問了。
「嗯，總之，就是……」
咲太說到一半，電話響了。
家裡的電話。
「是誰啊？」
顯示在螢幕上的是十一個數字。某人的手機號碼。咲太覺得對這個號碼有印象的瞬間，心臟用力跳了一下。
是國一生翔子的號碼。
「喂，梓川家。」
咲太若無其事地接起電話。
『那……那個，我是牧之原。晚安。』
依然稚嫩的語氣。聲音與態度也確實是國中生翔子，由此得知對方不是「翔子小姐」，而是「牧之原小妹」。
「嗯，晚安。」
『昨天，咲太先生打電話給我，我卻這麼晚才回電，對不起。』

「啊，不，沒關係。我留言說會再打給妳卻沒打，我才要道歉。」

『所以，那個，請問有什麼事？』

「我想稍微確認一件事。」

此時，咲太視線不經意和麻衣相對。她應該從這幾句對話就察覺到來電的人是翔子。

『想確認一件事？』

「嗯。牧之原小妹，妳有在我家信箱放信嗎？」

『沒有。』

翔子的聲音聽起來一無所知。咲太腦海浮現國中生翔子歪過腦袋的模樣。

「這樣啊，那就沒事了。」

『總覺得沒幫上忙，不好意思。』

「不，謝謝妳回電。」

『嗯。』

翔子如此回應時，有個成年人的聲音從她身後叫了她的名字。應該是翔子母親的聲音。

『對……對不起，我得回病房了。』

「妳現在在醫院？」

『啊，是的……那個，我從昨天就住院接受檢查。』

從她的語氣感覺得到「糟糕，說溜嘴了」的氣息。看來她原本想瞞著咲太。

『不……不過，我完全沒事，真的不要緊喔。而且明天就出院了。』

翔子加快講話速度，大概是不想讓咲太擔心吧，所以咲太沒有繼續追問。

「改天再帶疾風來玩吧，楓也會很開心的。」

他只對翔子這麼說。

『好的。那麼咲太先生，晚安。』

「晚安。」

電話掛斷了。不久，咲太放下再也沒傳來說話聲的話筒。

「翔子小妹？」

首先詢問的人是麻衣。

「嗯。不過，看來她果然不知道信的事情。」

「這樣啊。」

「信？」

聽不懂對話的和香獨自歪過腦袋。

「那……那個，哥哥……」

咲太要離開電話前面時，楓抓住他的手。

「嗯，怎麼了？」

「下……下次翔子打電話來的時候，楓可以接嗎？」

「噢，可以啊。」

「小楓，妳想接電話？」

麻衣詫異地看著楓。

「是的。這是楓的目標。」

「目標？」

「就是這個！」

楓打開條列目標的筆記本給麻衣與和香看。

「在這裡。」

還仔細地以手指指向電話那一行。

「這樣啊，今年的目標啊……」

麻衣抬起頭，若有所思地看向咲太。

「借我筆。」

咲太將電話旁邊的原子筆拿給麻衣。

接著，麻衣在桌上打開楓的筆記本寫字。

咲太好奇地探頭看。

——和哥哥一起去麻衣小姐家玩。

麻衣加上這一項。

「楓也可以去嗎？」

「嗯，隨時都非常歡迎。」

楓以靦腆的笑容回應。

「話說回來，小楓，發生了什麼事？看妳真有幹勁。」

「楓察覺了。」

「察覺什麼？」

反問的人是和香。

「要是楓不獨立，哥哥一輩子都沒辦法結婚。」

楓說出震撼的理由。

「詳情說來聽聽吧。」

咲太沒想到楓立下目標的原因居然和他結婚有關。

「因為，和哥哥結婚的話毫無例外都會附贈楓喔！」

「真划算耶。」

「沒錯，真划算。不對啦！一點都不划算啦！」

「麻衣小姐肯定願意收下的。」

咲太不經意看過去，但麻衣連正眼都不看他一眼。

「就算小楓一起來，我也不在意。」

她說著撫摸楓的頭。

這在某方面來說算是順利收場吧。

「不過，也對。小楓獨立是一件非常好的事，所以要不要現在和我練習講電話？」

「和麻衣小姐？」

「嗯。我從咲太房間打電話，然後由小楓接。」

「好……好的！楓試試看。」

「那麼，事不宜遲。」

麻衣說完，趁著楓的決心還沒打折走進咲太的房間。看來對麻衣來說，咲太的房間絲毫不會讓她抗拒。

大概是跟和香對調身體時，實際上當成自己的房間使用了吧。彼此是情侶，這樣毫無緊張感似乎不太好。

儘管麻衣進咲太房間，電話也沒立刻響起。

恐怕是因為麻衣的手機關機了。楓會對來電鈴聲或震動起反應，麻衣到咲太家的時候都會顧慮到這一點。

等待約三十秒，電話響了。

咲太、楓與和香的視線集中在電話上。顯示的號碼是麻衣的手機號碼。

「……」

楓在電話前面僵住。

「沒事的，是麻衣小姐。」

「好……好的。」

楓緩緩將手伸向話筒。

雖然勉強握住，卻遲遲拿不起來。

手頻頻顫抖。

她猶豫的這段期間，電話進入語音信箱。

——聽到嗶聲後請留言。

制式語音播放完畢之後，透過擴音器傳來麻衣的聲音。

『我是正在和妳哥哥交往的櫻島麻衣。』

麻衣煞有介事地自我介紹。她在試著讓楓安心。

『今天我想和小楓說話，所以打電話過來。』

楓的身體止不住顫抖。

咲太從後方搭住她的肩膀。

「沒事的。」

「好……好的。」

楓反覆深呼吸。在這段時間，麻衣也毫不放棄，繼續對楓說話。

終於，楓閉著眼睛拿起話筒。

「這……這裡是梓川家！」

聲音緊張得高八度。即使如此，楓依然好好將話筒貼在耳朵上。

「小楓，恭喜妳。妳做得很好。」

這個聲音直接從咲太房間傳來。

「哥哥，楓成功了！」

楓轉身讓喜悅爆發。眼角泛出喜悅與安心的淚水，眼睛閃閃發亮。

『喂～～小楓，有聽到嗎～～』

「啊，有。聽到了！」

楓再度聆聽話筒裡的聲音。

『這麼一來，應該敢接我的電話了。』

「應……應該沒問題。」

『那麼，我改天再打過來喔。』

「好的，等您來電。」

換算成時間連一分鐘都不到的簡短通話。即使如此，對楓來說依然是一大步。真的是很大的一步。老實說，這一天居然成真來臨，讓咲太嚇了一跳。

楓反覆深呼吸，緩緩放回話筒。

「楓，妳好努力。」

咲太如此慰勞的這一瞬間，異狀發生了……楓突然像斷線的傀儡，全身失去力氣。

「楓！」

咲太將手伸向楓快要倒下的身體，好不容易拉過來扶住，就這麼一起坐在地上。

要是再晚一步，楓應該會毫無防備地倒地吧。

「喂，楓？」

「什麼？怎麼回事？」

對響亮的聲音起反應而走出房間的麻衣聲音帶著緊張感。

「不知道。小楓突然……」

擔心地觀察楓氣色的和香轉頭回應麻衣。

「楓？」

「我……我沒事。」

楓憔悴的臉擠出笑容。

扶住的身體在發熱，楓的說法不能盡信。

咲太從後方伸手摸楓的額頭。

「……」

果然很燙。明顯在發燒。

「對不起，害妳努力過度了。」

麻衣溫柔地道歉，蹲在楓前面。

「不，託麻衣小姐的福，楓達成一個目標了。」

楓即使不舒服，對麻衣露出的笑容依然真的心滿意足。自己立下的目標完成一項了。正如楓自己所說，她應該很高興吧。咲太認為她真的很高興，因為這兩年來絲毫做不到的事情，她如今做到了。

「嗯，小楓好努力。」

麻衣撫摸楓的頭，楓隨即難為情地再度笑了。

「不過，今天到此為止。我跟和香要回去了，咲太帶小楓去休息吧。」

騷動演變成這種程度根本沒心情念書。對於麻衣的提議，咲太老實地點頭回答「好」。

讓楓躺上床休息之後，咲太先出門送麻衣與和香回家。

「好難理解。」

麻衣在電梯裡自言自語般輕聲說。

話語很簡短，但咲太不用問也知道意思。他也這麼覺得。

接電話這種事，咲太與麻衣正常就能做到。即使是個性內向的人，只要是熟人打的電話，肯定可以毫不緊張地接聽。

不過，這對楓來說是難事，是努力再努力才終於做得到的事。以為成功了，卻依然感受到強烈的壓力，像今天一樣發燒。就是這麼困難的事。

如麻衣所說，楓這種感覺真的難以理解。咲太認為大概不可能確實理解吧。做得到的人絕對不懂做不到的心情，事情愈是單純就愈是如此……

除了這句話，三人幾乎沒交談，電梯就這麼抵達一樓。

「明天見。」

來到門前的道路，麻衣催咲太回到楓身邊般這麼說。

「如果發生什麼狀況要說一聲喔。」
如此擔心地叮嚀的人是和香。
「收到。」
咲太隨口回應。沒必要讓和香露出消沉的表情。
麻衣與和香的背影進入正對面的公寓。咲太看著電子鎖玻璃門關上，接著回到自家。

「楓，我進去嘍。」
咲太輕輕敲門打開一看，楓正要從床上起身。
「今天就休息吧。」
「筆記本在哪裡？」
楓帶著發燒泛紅的臉詢問。
「在客廳。等我一下。」
咲太離開楓的房間。楓的筆記本在餐桌上，咲太拿起筆記本回到楓身邊。
「來。」
楓接過筆記本。
——哥哥以外的人打電話來也要接。

她開心地在這項目標劃上紅圈圈，驕傲地拿給咲太看。

「照這個樣子，說不定明天就敢出門了。」

「是啊。」

「或許可以去看熊貓。」

「如果妳無精打采，熊貓會擔心妳喔。」

「那就糟了。楓今天要睡了。」

咲太從躺下的楓手中接過筆記本，並且在這時候察覺。

楓的手腕部位顏色有點不一樣。剛開始咲太以為是光影造成的，然而不是。

像瘀青的痕跡。

咲太有種不好的預感，身體突然開始嘎吱作響。

楓已經熟睡。咲太一邊對抗這份不安一邊捲起她的睡衣袖子。

肌膚變成藍紫色，一直延伸到手肘下方。

究竟要用什麼東西毆打才會留下這種瘀青？

「……」

咲太被迫想起。

至今依然貼在眼皮內側的記憶，無法忘記的討厭記憶。這一瞬間，這段記憶加上鮮豔的色

彩，在咲太腦中復甦。

兩年前，楓遭到霸凌那時候。每次看到網路留言或是朋友傳來的簡訊，神祕的瘀青或傷痕就會襲擊楓的身體。

楓的思春期症候群果然沒結束。搬到藤澤，讓楓遠離網路，斷絕和他人的聯繫之後，就不再出現新的瘀青或傷痕，卻是治標不治本。

到最後，楓的心依然沒得到拯救。

楓白皙嬌嫩的手臂出現的藍紫色瘀青，令咲太想起楓的時間在這兩年來一直靜止著。他刻骨銘心地想起這件事。

非得克服這道關卡的時機或許來臨了。

想要改變的楓為了達成寫在筆記本上的目標，非得通過這條荊棘之路。

這將是一條漫長又險峻的道路吧。

不過，咲太內心毫不畏懼，反倒只有勇於面對的心情。

事到如今不必驚訝、不必畏懼。

因為，咲太早就做好心理準備迎接這一天。

第二章

楓的大挑戰

1

聽得到海浪聲。

打上沙灘，然後像誇張地吸一大口氣般退去。

眼前所見的是七里濱的海。

在熟悉的景色中站著比現在稍微年幼的咲太。

從海岸線眺望的世界沒有色彩，海、天空與水平線看起來蒙上了一層暗灰色。

所以這是夢。咲太即使意識朦朧也立刻察覺了。

是兩年前……國中時代的夢。

咲太內心一蹶不振那時候的夢。

也是初遇牧之原翔子當時的夢。

「知道嗎？」

今天也一樣，語帶玄機詢問的她不知何時來到咲太身旁。

距離約三公尺的右側。後方看得見江之島。

「七里濱的長度其實只有一里左右，卻叫做七里濱，總覺得很奇怪吧？」

「翔子小姐的嗜好是妨礙別人想心事？」

「我的嗜好是陪咲太小弟談心。」

翔子裝模作樣地露出笑容。

「……」

「啊，你現在覺得我很煩吧？」

「覺得超煩的。」

「不過，你內心大概有百分之二覺得有個大姊姊願意陪你談心很幸運吧？」

翔子說著「我早就知道了」逕自頻頻點頭。

「唔哇～～愈來愈煩了～～」

咲太朝海面冷漠地拋下這句話。

「又來了～～咲太小弟真害羞耶。」

說來遺憾，翔子完全不畏縮，眉頭都不皺一下，只像是守護頑皮孩子的保母看著咲太。咲太開始認為抱怨也沒用了。

「在想妹妹的事嗎？」

咲太稍微大意時，翔子改以溫柔語氣投出正中直球，直到剛才的白目言行消失無蹤。

「我在想翔子小姐的事。」

「原來如此，色色的事情啊。咲太小弟是正值這種年紀的男生，嗯，我就原諒你吧。」

希望她不要擅自誤解、擅自接受。

「不是啦。」

咲太稍微加重語氣抗議。

「那麼，果然在想妹妹的事吧？」

翔子說得沒錯，但老實承認的話總覺得不太甘心，所以咲太說出別的話題。

「我在想翔子小姐為什麼願意相信。」

這也是咲太認識翔子之後一直在意的事。

「嗯？」

「至今沒人願意認真聽我說。包括楓的傷、瘀青……或是思春期症候群的事。」

霸凌侵蝕楓的心，終於引發思春期症候群，內心受傷的痛楚成為割傷或瘀青出現在身上。

——真的好煩。

網路上出現這句留言，手臂就出現像是刀割的傷。

——好噁，去死吧（笑）。

每當收到這樣的簡訊，大腿就出現大片瘀青。

咲太再怎麼詳細說明，都沒人願意相信。連目睹過程的母親都拒絕當成現實接受，和楓保持距離。諮商的醫生劈頭就斷定這是自殘，沒把「思春期症候群」這種話聽進去，將咲太的說法當成小孩的戲言，不當一回事。

咲太愈是不斷說明，愈是拚命，相關的人們看著咲太的眼神就愈冰冷。

他們的眼中蘊藏共通的想法。

完全把咲太當成放羊的孩子。咲太明明伸手求助，卻只得到輕蔑的視線。

再怎麼大喊「這是真的！」也傳不進任何人的心。

這種狀況只會造成惡性循環，原本親近的朋友們也一個接一個離開咲太。

沒多久，人們就遠離咲太身邊了。

——**梓川這個人好像不太妙。**

某人的簡短細語透過網路瞬間傳開，全班對咲太都採取少碰為妙的態度。包含老師在內，整間學校都避免和咲太扯上關係。

沒人想接觸真相，沒有朋友願意詢問咲太發生什麼事。大家被動相信錯誤的認知，因為大家都是這麼說的……

如今，咲太認為這也在所難免。因為學校教導眾人凡事必須以解讀氣氛、跟隨氣氛為第一優先。即使認為自己獨樹一格，也要巧妙地隱藏這份想法避免洩漏，這才是聰明的生存之道。這是

大家在學校學到的準則。

所以對大多數學生來說，比起咲太自己的說法，他人對咲太的評價更容易成為真相，因為大家都是這麼說的。比起事情的真假，和大家共通才是更重要的事。對於不太親近咲太的同班同學來說，真的只要這樣就好，不需要採取更多或更少的行動。

結果就是「大家」消極的贊同誕生出一隻氣氛妖怪，不知何時擋在咲太的面前。

用推的或拉的都沒有勝算。因為沒有實體，所以無法造成傷害。咲太不用多少時間就察覺自己束手無策。

而且，咲太察覺這一點的瞬間，感覺自己心裡的某個東西壞掉了。確實有這種感覺。

明明自己是對的、明顯是對的，卻被當成錯的。這個世界存在著這種不講理，何其荒唐、何其古怪，咲太忍不住笑了，發出乾啞的笑聲。

從這時候開始，咲太眼中的世界失去色彩。

世界看起來是灰色的。

「每個人眼中的世界肯定都不一樣喔。」

翔子注視著水平線，靜靜地說。

「就像咲太小弟看見的水平線比我看見的水平線遠。」

翔子身體稍微往前彎，從下方窺視咲太的臉。

大概是想強調個子高的咲太看得比較遠吧。

「這陣海風也是。」

翔子站直身體，完全張開雙手。

以全身承受從海面吹來的風。海風吹拂她的頭髮。

「有人覺得舒服，也有人因為皮膚或頭髮會變黏而覺得討厭。」

翔子舒服地閉上雙眼的側臉讓咲太知道她屬於前者。

「換句話說……」

「意思是正義因人而異？這種事我知道。」

咲太有點愛理不理地扔下這句話。翔子見狀笑了。

「我不會學正值青春期的男生講這種話。『正義』這兩個字講出來挺難為情的吧？」

「不然是怎樣？」

「我的意思是說，敗給沒勝算的怪物而不甘心的咲太小弟前途無量。」

「架子擺真高啊。」

「因為我比你成熟。」

翔子挺胸得意洋洋。

「……」

「啊，你正在想『憑這種胸部就叫成熟？』對吧？」

「我沒這麼想也沒不甘心，只是得知人生沒有夢想與希望而有點感傷罷了。請不要管我。」

「我不要。」

翔子以堅決的語氣立刻回答。講法溫和，沒有否定的感覺。

「啊？」

「我不要。我不能不管。」

清澈的雙眼看著咲太，表情正經，卻像是隱約帶著微笑。真要形容的話就是溫柔的表情。

「……」

面對這樣的表情，咲太語塞了。

「能像這樣相遇也是一種緣分，所以人生的前輩要提供美妙的建議給沒有夢想與希望的咲太小弟。」

說法莫名裝模作樣。

「一般來說，『美妙』這種字眼是自己講的嗎？」

翔子沒回應，再度面向大海。

「……」

她的雙眼過於美麗，所以咲太也跟著看向海。翔子看著水平線的另一頭，咲太不知道那裡有什麼東西。

「我的人生，也絕對沒有偉大的夢想與希望。」

咲太想知道這是什麼意思，疑問卻沒能化為言語。因為翔子轉過身和他四目相對，然後搖了搖頭。

「即使如此，我還是在自己的人生找到意義了。」

「……」

「咲太小弟，我認為啊，人生是為了變溫柔而存在。」

「變溫柔……」

「為了達到『溫柔』這個目標，我努力活在今天。」

「……」

「希望今天的我是比昨天溫柔一點的人。我抱著這個願望過生活。」

「……」

咲太不知道理由。

雖然不知道，但翔子這番話緩緩滲入咲太身體，溫暖全身，如同曬過一整天太陽的毛毯包裹著他。

鼻腔深處湧上一股溫熱的感覺，氣勢直奔而上。咲太無從防堵，淚水的防波堤瞬間崩垮，水

珠從雙眼一顆顆滴落。

淚水成為雨水灑在沙灘上。溫暖的淚雨。

原本灰色的世界出現一道光。咲太像是被這道光吸引而抬頭一看，世界以翔子為中心逐漸取回色彩。大海的深藍或天空的藍白，萬物都取回了色彩。

「那個，翔子小姐……」

咲太淚也不擦，緊咬牙關叫她。

「什麼事？」

翔子投以柔和的笑容。

「我也可以學翔子小姐這樣活下去嗎？」

翔子的表情忽地變和藹。

「那當然啊。」

翔子滿臉笑容地接受咲太的想法。

「你得知了不被人理解的痛苦。既然這樣，你肯定能變得比任何人都溫柔，絕對可以成為別人的支柱。」

淚水模糊視野，無法辨別翔子現在的表情。不過既然是翔子，肯定是掛著和煦太陽般的笑容吧，毋庸置疑。

這成為咲太與翔子最後的對話。

醒來之後，眼角傳來緊繃的感覺。

看來剛才在睡夢中哭了。

咲太伸手想確認是否留下淚痕，手卻舉不起來。

手臂好重。不對，不只如此，全身都感受到重壓。說穿了就是某人壓在身上的感覺。

咲太視線往下。

正如預料，安靜熟睡的妹妹映入眼簾。

「喂～～楓？」

叫了沒回應。

「呼～～」

不久，楓以熟睡的呼吸聲回應。

「喂～～」

咲太再叫一次。

「哥哥燉的鰤魚乾乾的。」

這次回應的夢話格外具體。看來只能向麻衣學習廚藝，燉出彈牙的鰤魚給楓吃了。

「喂～～楓，給我起來～～」

「……彈牙。」

「還在講？」

這樣下去沒完沒了。

咲太硬是抽出手臂，搖晃楓的肩膀。

「嗯～～唔～～」

楓發出不悅的呻吟，睜開雙眼。

「楓，早安。」

「哥哥早安。」

楓帶著依然惺忪的睡眼打呵欠。

「楓，拜託起來，好重。」

「怎麼這樣！楓是妹妹耶！」

「就算是妹妹，會重的還是會重。」

「可是，楓的目標是成為像是黏人幼犬的妹妹。」

「這我不管，但以體積來說不可能吧？」

咲太再度注視發育傲人的楓。依照最新資料，楓的身高多了一公分，達到一六三公分。怎麼想都不是可愛幼犬的體型，大概只能以可愛的大型犬為目標吧。

「楓受到打擊了……」

「話說，這種目標沒寫在筆記本吧？」

「這是楓暗中立下的目標，妹妹的理想形象。」

「這樣啊，那還真是遺憾。」

「是的，很遺憾。楓想以這份不甘心為動力，今天起努力練習外出。」

彷彿比賽敗北的年輕運動選手，謙虛又積極的發言。咲太很想稱讚這股志氣，不過得先確認楓的身體狀況。

咲太伸手摸楓的額頭。

「……」

果然很燙。楓傳來的體溫從剛才就很高，果然不是多心。看來很難從今天起就練習外出。

「等妳退燒恢復精神再說吧。」

「好的。只要有精神，什麼事都做得到。上次電視上的模仿諧星是這麼說的。」

「模仿諧星講得真好。」

「講得真好。」

「那麼，今天乖乖睡覺吧。」

「好的。楓會努力睡覺，從明天開始努力！」

2

——從明天開始努力！

楓鼓足幹勁這麼說，不過到了隔天的週三依然沒退燒。

溫度計顯示的數字是三十七．二度。

是讓人覺得有點疲憊的輕微發燒。

除此之外，沒有明顯的感冒症狀。不過到了週四早上、週五早上，輕微發燒的症狀還是沒有消退。

這種輕微發燒實在棘手。似乎是心理脆弱造成的症狀，所以吃感冒藥也治不好。雖然好像會暫時發揮退燒作用，不過藥效退了之後，溫度計的數字就又在三十七．二至三度來回。

每次確認數位顯示的數字，楓就憤恨不平。她就算感覺全身痠軟，依然想活動，看來叫她躺著似乎令她覺得無聊。

「在退燒之前想好戰略吧。」

咲太感受到楓這種積極的心情，給了她一份作業。

「戰略？」

「也可以說是想像訓練。」

「聽起來好帥氣，好像在全世界活躍的專家。」

「一流選手在比賽之前一定會這麼做。」

「楓也要變成一流！」

「那麼，試著想像要怎麼外出吧。」

「首先，打開門。」

「不用穿鞋嗎？」

「首先，穿鞋子。」

「或許衣服也最好換一下。」

楓在家裡總是穿熊貓造型睡衣。

「首先，楓想換一套可愛的衣服。」

「打扮很重要。」

「非常重要。」

「楓，就是這樣，想像妳勝利時的光景。」

「好的，哥哥。」

每天進行這樣的互動。

只要正常應對，楓看起來精神就很好，不像是對某些事物感到不安，因此無從著手。發燒的原因位於咲太看不見的楓心中。

所以，咲太能做的只有加油打氣。

然而，如果開口聲援，應該只會將楓逼入絕境。說起來，咲太覺得這種事似乎不是努力就能解決。

要是目睹楓現在的狀態，某些成年人或許會說她幹勁不足。實際上，楓遭受霸凌的時候就有想法過時的老師以這種態度應對。這種老掉牙的毅力論救不了現代的女國中生。

那麼，該怎麼做？

既然沒有特效藥，到最後，咲太能做的只有耐心等待。

十月十七日，週五放學後。咲太在打工的連鎖餐廳一如往常地依照時薪價值勤快地工作。

「好啦，該怎麼辦呢？」

在兩個男學生結帳離開之後，咲太刻意將內心的迷惘說出口。即使是這種小事，也多少能宣洩不知不覺間累積在心裡的壓力。

晚上八點多的連鎖餐廳，顧客逐漸減少，空位也慢慢增加。
今天的尖峰時間應該過了。
咲太離開收銀檯，收拾客人離開後的桌上餐具，暫時進入後場。
將漢堡排的鐵盤與盛飯的盤子放在洗碗區。
「拜託你了。」
「收到。」
咲太知會打工的大學生之後回到外場。
「唉……怎麼辦……」
此時，咲太聽到比他還憂鬱的嘆息。聲音來自嬌小的少女。
「好大的嘆息聲啊。」
「唔哇，學長？」
受驚嚇而退後一步的人是學妹古賀朋繪。在學校是學妹、在打工餐廳也是後輩的現代女孩。
似乎每天早上六點起床梳理的輕柔短髮今天也非常適合她。
「又在煩惱屁股變大嗎？」
咲太隨口詢問，朋繪就迅速將雙手放到身後，從俯角直直地瞪過來。
「哪……哪有變大，而且為什麼是『又』啊？」

「不然是下週的考試讓妳憂鬱？」
「這是原因之一啦，不過……」
「不過什麼？」
「校慶。」
朋繪噘起嘴低語。
「那是什麼？」
「當然是在煩惱下個月的校慶啊。」
「哪裡的？」
「我們學校的！」
「是喔……」
「學長，你還好嗎？校慶是高中生的重要活動耶。」
驚訝與傻眼參半的表情，一副難以置信的樣子。
「校慶就是部分受歡迎的學生開心玩樂，順勢成為男女朋友，不經意當成一段美好回憶作結的那個活動吧？跟我沒關係。」
回想起來，確實在第二學期開始之後，班上好像就在討論要擺設哪種攤位，主要是由佑真的女友上里沙希帶頭指揮決定。不過咲太在這種班會大多都是睡覺打發時間，所以記憶很模糊……

不只如此，咲太上個月遭遇了麻衣與和香身體對調的思春期症候群，因此內心無暇掛念班上要在校慶做什麼。

「唔哇～～不愧是學長，了不起。」

字面上聽起來像是在誇獎，但朋繪眼神充滿憐憫。說來遺憾，完全是看著可憐人的眼神。

「話說，學長真是亂七八糟。」

「怎麼了？」

「明明和櫻島學姊交往就絕對是人生贏家，卻依然沒有融入班上吧。」

「古賀，妳還是老樣子，因為班上討論校慶要擺什麼攤位或是如何分工而亂成一團，妳在意自己的立場所以很煩惱？」

「已……已經決定要擺什麼攤位了啦！不過分工的部分，大致就是這種感覺……」

咲太只是隨便說說卻好像猜中了。朋繪憤恨不平地看著咲太，鼓起臉頰鬧彆扭。大概是認為咲太在瞧不起她吧，應該是這樣。

「順便問一下，妳班上要做什麼？」

「鬼屋。」

「啊？憑妳這張可愛的臉蛋？」

「真是的，學長這麼講真的很煩。絕對跟我的臉蛋無關啦！而……而且又不可愛！」

「不不不，有關吧？妳扮鬼絕對不恐怖。」

自以為扮成貓妖，卻只是可愛的貓女郎扮裝。咲太輕易就能想像這種結果。

「那……那麼，學長，當天要來喔。我一定會把你嚇到尖叫。」

「免了啦，我對鬼沒興趣，畢竟我完全不怕這種東西。看，現在妳後面也站著一個長髮女鬼喔。」

咲太不經意指向朋繪身後，還露出笑容揮手問候。

「咿……咿呀！」

朋繪尖叫跳起來。

「哎，我騙妳的……啊？」

朋繪大概是嚇了一大跳，在收銀檯旁邊跌個四腳朝天。附近的顧客聽到尖叫也看過來。

「失……失禮了。」

朋繪一邊打圓場一邊起身，含淚看向咲太抗議。

「妳啊，說真的，班上辦鬼屋沒問題嗎？」

「事到如今講這種事也沒用吶！」

「啊，嗯，說得也是。」

咲太聽不太懂，不過問題確實很大的樣子。朋繪慌得連鄉音都跑出來了。

「哎，既然這樣，妳難免會感到憂鬱吧。」

「原因不是鬼啦。學長剛才不是說了嗎？」

「嗯？我說了什麼？」

「雖然決議要輪流扮鬼，但分組的時候產生摩擦……」

因為分工問題而起糾紛是很常見的狀況。

「這種事，依照平常的小團體分組就好了吧？」

只要別計較各組人數不太平均，應該能迅速定案。

「話是這麼說，不過男生組跟女生組搭配的時候，發生了一些狀況……」

「這我真的要說，受歡迎的組別自己配對不就搞定了？」

明明沒人明講，不過班級這種集團會自動出現階級順位。這個順位具備神奇的強制力，低階不能忤逆高階，否則會被說成「那個傢伙得意忘形」，失去在班上的容身之處。

無論怎麼想，咲太認為真正得意忘形的應該是說別人「得意忘形」的傢伙……在瞧不起別人的那一刻就肯定是如此。

日本究竟是從什麼時候重啟封建制度的？咲太也是日本國民，既然要變更制度，他希望有人能好好告知。

「如果能跟學長說的一樣擅自定案就好了，不過後來變成用抽籤決定配對……」

朋繪移開視線，似乎不太自在。咲太因而猜出端倪。朋繪恐怕是當事人……

「然後，男生受歡迎的那一組和妳這組配對？」

「唔……」

「因此被女生受歡迎的那一組盯上？」

「……唔，嗯。」

朋繪死心般承認事實。

「妳還是老樣子，總是在做現代女高中生會做的事耶。」

「因為我就是女高中生啊！」

以朋繪的狀況來說，事情會更複雜。因為她原本屬於女生受歡迎的那一組，後來發生一些摩擦而離開那個小團體。明明經過一段落單時期才落腳到現在的小團體卻遇到這種事，咲太認為她運氣很差。

「如果男生抱怨抽籤結果該有多好，可是男生接受了。」

「哎，大概是認為『反正這組有可愛的古賀，無妨吧』這樣。」

「……」

朋繪害羞又生氣地臉紅。看來她有所自覺，不愧是對周圍觀察入微。說不定配對定案的時候，那群笨男生就開心不已，完全不知道女生小團體社會的恐怖……

「話說，古賀，妳真厲害耶。」

「哪裡厲害了？」

「筆直朝著魔性女人的目標邁進。」

不愧是小惡魔，所作所為不辜負這個稱號。

「人家明明真的很煩惱，學長真是氣死我了。三格火。」

朋繪鬧彆扭地撇過頭。

她的視線朝向一張四人桌。現在坐在那裡的是四個男國中生，都是一邊看著手上的掌上型遊戲機或手機畫面，一邊俐落地交談。隨著笑聲傳來的是正在他們之間流行的ＲＰＧ話題。例如等級多少、那把武器超強、最終大魔王很卑鄙……總之看起來很開心。

「啊～～如果跟電玩一樣再簡單易懂一點就好了。」

朋繪輕聲說了。

「朋繪，妳會玩電玩？」

咲太不太能想像。感覺就算有玩也沒什麼技術可言。

「只有碰一下手機遊戲。奈奈喜歡玩，所以和她一起玩。」

「是喔……」

「學長，你正在想『古賀又在配合旁人做這種麻煩事』對吧？」

「我以為妳想繼續提升男生的好感度，更受異性歡迎。」

「咦？打電玩可以提升好感度？」

「當然啊，可以成為找妳搭話的契機吧？」

「……」

咲太的指摘使得朋繪沉默。看來她心裡有數。

「不過，我知道妳想說的意思。」

那四個男國中生還在暢談電玩話題。

「和怪物戰鬥，獲得相應的經驗值升級，學到技能，變得可以使用魔法，死掉也能重來，最後只要以暴力制服魔王歸來，自己就會成為勇者，世界也能得救。」

「我可沒想得這麼扭曲。」

朋繪有意見，但咲太暫且不理會。

「現實沒有電玩那麼簡單易懂。」

朋繪對抗的是叫作「班上氣氛」的魔王，楓對抗的是「不安」，同樣是看不見的魔王。

沒有作者準備的最強武器，也沒有最強的魔法。到頭來，盡是無法以暴力打倒的魔王。

而且說來惡質，這些魔王出自人類之手。無自覺的集體意識誕生出魔王。

咲太記得之前玩的某個遊戲設定，人類的不安會成為魔王的糧食，這或許大致無誤。人心確

實會誕生出魔王，發育茁壯。

「……」

「學長，發生了什麼事？」

朋繪詢問暫時沉默的咲太。她的語氣聽起來比起詢問更像確認。

「沒什麼……這麼說來，不知道校慶是什麼時候。我只是在想這件事。」

「學長，這個謊說得好爛。」

這樣終究難以瞞過旁人。朋繪如此批評。即使如此，朋繪也沒有追究咲太吞進肚子裡的「真相」。她非常體諒咲太的心情。

「十一月三日文化節。」

她還規矩地照著咲太的謊言走。真的是優秀的學妹，非常能理解她為何受到歡迎。

「妳在鬼屋扮鬼的時段決定了嗎？」

「還沒。」

朋繪簡短回答，眼神詢問咲太為什麼問這種問題。

「那麼，確定顧店時間再跟我說。」

「學長，你要來？」

朋繪一臉半信半疑。

「妳不是想讓我尖叫？」

「我絕對會讓你叫。」

朋繪投以囂張的笑容。幾乎在同一時間，告知顧客上門的鈴聲響起。朋繪率先去迎接，說出「歡迎光臨」的臉上沒有剛才的憂鬱氣息。

對此感到滿意的咲太也回到工作崗位。

後來咲太勤快地工作，九點整準時打卡下班。被吸入機械的出勤卡打上「21：00」。

「我先告辭了。」

咲太迅速換掉服務生制服，回到楓等待的家。

從打工的藤澤站前連鎖餐廳徒步約十分鐘。

咲太抵達公寓，在搭電梯前確認信箱。他還是有點在意「翔子小姐」那天之後是否又寄信。

「……」

不過，今天也撲了個空。信箱裡只有披薩店的傳單。

「哎，只能走一步算一步了。」

等待不確定會不會來的東西也沒用。這並非咲太的想法、心願的強度或是努力的結果可以解決的問題，是看對方而定。

抱持期待只會疲累。真的發生事情再思考就好。

咲太做出這個結論，進入電梯。

抵達家門口開門。

「哥哥，你回來啦。」

預先等在玄關的楓冷不防這麼說。

「喔，嗯。我回來了。」

咲太還是稍微嚇到了。

楓不顧咲太的反應，小跑步回到客廳。

總覺得挺匆忙的，不知道究竟是什麼事。

咲太感到疑問時，傳來楓的聲音。

「哥哥真的回來了。」

聽起來像是在和某人說話，不過玄關沒擺放訪客的鞋子。說起來，楓極度怕生，只要咲太不在家，就算門鈴響了也會極力假裝沒人在家。咲太在家時頂多也只是遠遠偷看咲太應門，實在不可能主動邀客人入內。

「麻衣小姐說得沒錯。」

咲太脫鞋到客廳，發現楓在講電話。她雙手拿著話筒，聆聽對方說話。

楓提到對方的名字，所以她講電話的對象應該是麻衣沒錯。

麻衣說今天下午要進棚錄綜藝節目，第四堂課結束時就早退。大概已經錄完了。

「好的。楓拿給哥哥聽喔。」

咲太接過楓遞出的話筒。

「麻衣小姐？」

『你回來啦。』

「我回來了。」

『我在陽台看到你回來，你卻完全沒發現。』

「嗯？剛才？」

『沒錯。』

「原來如此，所以……」

這就是楓預先在玄關等咲太的原因。

『小楓狀況怎麼樣？』

聽麻衣這麼問，咲太看向楓。楓不知為何愉快地看著咲太講電話。

「看起來笑咪咪的。」

咲太據實告訴麻衣。

『這樣啊，太好了。』

麻衣鬆了口氣。

『我說過今天要進棚錄綜藝節目吧？』

「嗯。」

『那是醫療相關的節目，主題是壓力，所以錄完之後，我找專業醫生諮詢小楓的事。』

麻衣在這個時期接到該節目通告的原因，咲太大致想像得到。肯定是因為那天的緋聞。說到眾目睽睽造成的壓力，麻衣可以提供最新又極受注目的個人經驗。

『醫生說，現在的小楓應該是做了不習慣的事，身心還處於受驚狀態。』

「這我大致知道。」

接咲太以外的人打來的電話。對楓來說，即使是這種行為也和日常生活截然不同，儘管順利完成，心臟依然狂跳不止。

這不只會發生在楓身上。無論是什麼事，心情被影響好幾天的情形也屢見不鮮。只是楓受到這種影響時的反應比別人嚴重，如此而已。

楓承受咲太的視線，不明就裡地歪過腦袋。

『身心受驚的這種狀態，時間久了好像就會大致平復，不過以小楓這種案例來看，醫生說反覆也很重要。』

「反覆？」

『即使是不習慣的行為，只要多做幾次也會逐漸變普通吧？以這種方式習以為常之後就沒必要受驚了，所以醫生建議最好不要只做一次就放棄。』

「所以才打電話過來啊。」

『沒錯。畢竟我在陽台看到你回來了。原本想先找你商量之後再這麼做……但我認為趁著成功經驗記憶猶新的時候挑戰第二次比較好。小楓看起來還好嗎？』

楓現在似乎依然很高興。咲太伸手摸她的額頭。

感覺有點發燒，不過從今天早上就是如此，所以似乎沒有明顯的變化。接著咲太以耳朵與肩膀夾住話筒，拉著楓的手臂捲起袖子。從手腕擴散到手肘下方的瘀青還在，不過這幾天逐漸變淡，現在已經幾乎消失了。

最後，咲太只以脣語對楓說「溫度計」，也沒忘記用夾緊腋下的動作示意。楓回答「知道了」，拿起桌上的溫度計滑進睡衣底下。

「看起來感覺完全沒事，精神好像也比今天早上好。」

『這樣啊。』

楓看著從睡衣縫隙露出的溫度計。注視沒多久，響起「嗶嗶」的電子音效。楓立刻拿出溫度計給咲太看，表情驕傲得像是抓到獵物的貓。

數位螢幕顯示三十七．一度。雖然一樣稍微發燒，卻是這週測得的最低數字。上次是講完電話就發燒，所以相較之下，這次狀況好很多。

成功一次的事情在第二次也成功，這種「成功」的累積想必稍微緩和了楓內心的不安。這種點滴累積將會轉變為楓的勇氣與自信吧。

而且累積這些「成功」，楓就會逐漸邁向筆記本最後寫的目標「上學」。咲太想如此相信。

多虧麻衣，咲太感覺一直封閉視野的濃霧稍微散去。

雖然還看不清楚道路、路標以及周圍的景色，但應該可以注視雙腳，一步步確實前進。

現在的楓就是以這種方式試著前進。

「麻衣小姐，謝謝妳這麼為楓著想。」

『不用客氣。畢竟我也感受到責任。』

雖然是楓自己的願望，但楓發燒是麻衣直接造成的，所以她很在意。麻衣說的「責任」就是這個意思，不過咲太知道她這麼說只是便宜行事。畢竟要是知道楓的隱情，應該無法這麼輕易開口提議陪楓練習講電話。目睹楓因而倒下之後，很難像這樣更進一步，一般來說應該都會猶豫。

包含這些要素在內，麻衣依然願意協助楓。咲太在高興的同時也感到可靠而安心。

『咲太，你也不能勉強自己喔。』

「嗯？我？」

麻衣突然稍微離題。

『在一旁守護也很耗費心力吧？』

「……」

『小楓想改變自己是非常好的事，但我認為今後難免會和這次一樣發燒或造成傷害。在一旁守護這樣的小楓，比你自己遭遇難受的經歷還累吧？』

不愧是麻衣，真清楚。麻衣與和香身體對調的時候，她一直保持適度的距離避免多嘴，這樣的她說出的話語很有分量。除非是真正必要的時候，否則麻衣都會尊重和香的意志，一直在遠處守護。

實際上明明擔心得不得了，好想主動搭話，但麻衣刻意不這麼做，這都是為了和香。

「總之，我沒事喔。」

『真的嗎？』

「覺得很累的時候，我會向麻衣小姐撒嬌尋求療癒。」

『如果這樣可以恢復精神，那我不在意。』

還以為會惹麻衣生氣，麻衣卻答應了。

「咦？可以嗎？」

『既然是自己的男友，那就無妨吧。』

惡作劇的聲音將咲太耳朵搔得酥癢難耐。
「唔哇～～我好想現在見麻衣小姐。」
『不行，我要去洗澡了。』
「這樣我會更想見妳。」
『今天忍一忍吧。畢竟小楓應該有新的事情要宣布。』
「什麼事？」
聽麻衣的說法，顯然是從楓那裡打聽到了某些事。
『你直接問小楓吧。』
「這樣啊……」
麻衣這樣回答，咲太完全不知道是什麼事。
『那麼，晚安。』
「啊，好的，晚安。」
咲太反射性地回應之後，電話掛斷了。接下來是麻衣的洗澡時間。咲太想像著那幅光景，放下話筒。
「哥哥，終於完成了喔。」
在這個時候，楓探出上半身接近。

她的胸前不知何時已經抱著筆記本做好準備。

「那真是恭喜啊。」

「喜獲麟兒。」

「並不是喜獲麟兒。總之妳完成什麼了？」

「這個！」

楓自己發出「噹噹～～」的音效，在咲太面前打開筆記本。

咲太從上方依序確認內容。

——一、換穿可愛的衣服。（可愛很重要！）

——二、休息一下。

——三、走到玄關。

——四、休息一下。

——五、穿鞋。

——六、休息一下。

——七、在哥哥的背後合體。

——八、補充哥哥成分。

——九、然後和哥哥一起外出。

——此外，要是楓昏倒，就請哥哥抱。（新娘抱！）

好啦，該從哪裡開始吐槽？

總之，咲太知道筆記本寫的是楓為了外出擬定的戰略，但令人在意的點太多了。

「楓也妥善準備了發生狀況時的應對方法。」

「嗯，這很重要。」

「很重要。」

這樣下去，咲太對楓新娘抱的機率應該很高。

「很完美。」

不知道楓的自信究竟來自哪裡。這是難解之謎，不過楓充滿幹勁是好事，是非常好的事，所以咲太克制自己不要認真吐槽。畢竟剛剛在電話裡才和麻衣討論到要在一旁守護，所以咲太違反自己想要表達各種意見的衝動。

「真完美的戰略。」

他如此打包票。

「是的，很完美。」

不知懷疑為何物，純真無瑕的笑容。咲太看著楓這張笑臉，在心裡悄悄開始思考要如何請麻衣療癒。

3

接下來的週末，輕微發燒的楓總算退燒了。

三十六・五度。手臂的瘀青也消失，暫時可以放心。

下週是一連三天的期中考，所以麻衣這週末來教咲太念書。當時麻衣準備了自己的舊衣服給楓，將恢復活力的楓當成換裝娃娃。

這麼做是按照楓的戰略。

寫在筆記本的第一項目標。

——**一、換穿可愛的衣服。（可愛很重要！）**

麻衣協助楓實現這個願望。

而且，麻衣專心陪在楓身旁，以幫她換上各種衣服為樂。老實說，理會咲太的時間反而較少。就算咲太搭話，她也回答「現在忙不過來」。即使終於有空了，感覺也只是順便教一下咲太不懂的地方。

「好好喔，可以穿姊姊的舊衣服。」

一起來訪的和香羨慕地看著換上麻衣衣服的楓。

「妳也接收舊衣服不就好了？」

「我的身高不搭啦。」

「身材也是。」

咲太一邊寫數學題一邊隨口評論。

「你在說胸部嗎？」

「按照常理，妳認為男生會衝著這一點講嗎？」

「你做事總是不合常理吧？」

挺敏銳的。咲太說的當然是胸部，不過面對和香就含糊帶過吧。楓在這方面也令人非常擔憂，但她的身高和麻衣相近，所以出乎意料地穿任何洋裝都合適。

多虧如此，梓川家的週末連日維持陰盛陽衰的狀態。

「那一題，你不會的話，我教你吧？」

咲太的手停下來時，和香探頭過來看筆記本。

「不，我要請麻衣小姐教我。」

「姊姊今天也只顧著幫小楓換衣服吧？」

「那我就委屈一下拜託妳吧。」

「我還是不教你了。」

「真過分。」

「給我落榜吧。」

「我落榜的話，麻衣小姐會傷心耶。」

和香一臉不悅地瞪過來。即使如此，經過一段時間，她還是嫌煩似的以自動鉛筆輕戳課本上的公式。

「……那一題，要用這個公式。」

還準備類似的練習題，咲太答對的話就給予誇獎。

「你只要有心還是做得到嘛。」

「當然，任何人有心都做得到吧？」

「動不動就講得這麼彆扭，煩死了。」

多虧和現任偶像舉辦讀書會，下週開始的期中考，咲太得以順利填滿答案卷的欄位。

「得謝謝和香老師了。」

「高學歷偶像」或許挺不錯的。

在如此得心應手的期中考期間，楓穿著麻衣給的舊洋裝在家裡生活。這也是外出準備之一。

楓在家裡主要穿睡衣活動，所以這是讓她習慣穿洋裝的戰略。

雖然微不足道，不過逐一完成這些微不足道的目標有其意義。

實際上，楓穿洋裝的時候似乎覺得怪怪的，和之前穿熊貓睡衣相比，背脊挺得筆直，總是給人必恭必敬的印象。

「總覺得今天好累。」

楓穿洋裝一整天之後會這麼說，甚至晚上八點就上床睡覺。

即使如此，楓隔天就若無其事，思索著今天要穿哪套衣服，看起來很開心。

「話說，妳接收的舊衣服多到必須思索穿哪一件？」

「楓接收了好多件！」

確實，許多沒看過的洋裝用衣架掛在楓的房間。從麻衣家拿衣服過來時，是咲太以聖誕老公公的狀態扛過來的，所以知道數量很多，卻沒想到麻衣全部送楓了。

「得向麻衣小姐道謝才行。」

「是的，楓會說好多好多的謝謝。」

那天之後，麻衣幾乎每天打電話過來，試著讓楓習慣接電話。楓每次都鄭重道謝。

「麻衣小姐，謝謝妳。楓好開心。」

這樣的日子過著過著，為期三天的期中考也邁向尾聲。每一科都可以期待好成績。

楓也逐漸做好外出準備。

然後期中考最後一天的夜晚，咲太認為「應該差不多了」決定進行作戰的那一刻來臨。

「楓想要現在外出。」

咲太打工回家時，楓這麼說。

咲太再度穿上剛脫掉的鞋子，只把書包放在玄關。

「好，出發吧。」

咲太毫不猶豫地對楓這麼說。

「好的，出發！」

擇期不如撞日，想做的時候就該做。楓的心態正在積極向前，沒道理錯過這一刻。現在是最佳時機。這幾天期中考造成的疲勞或是打工回家的睡意，如今一點都不重要。

「記得首先是換上可愛的衣服吧？」

咲太看向站在玄關踏墊上的楓。楓身穿麻衣的二手洋裝，線條寬鬆的長袖連身裙。以自然色系整合，裙子加上時尚格紋，裙襬稍微過膝。頭上是遮耳毛線帽。記得之前看的電視節目將這種服裝稱為森林女孩造型。

感覺和楓的保守個性很搭，真神奇。

「楓換上可愛的衣服了。」

她自己似乎也很喜歡。

「稍微休息過了嗎？」
「休息好久了。」
「那麼，再來是鞋子。」
咲太一邊回憶楓擬定的戰略一邊打開鞋櫃，挑選搭配服裝的褐色鞋子，在楓面前擺好。
楓當場坐下穿鞋。雖然有點慢，但雙腳還是套進去了。
不過，楓起身之後磨蹭雙腳。
「會緊嗎？」
楓很久沒穿鞋，腳的尺寸可能變了。
楓搖頭回應。
「只是觸感很新奇而已。」
楓搬到這個家至今未曾外出，穿上鞋子難免有這種感想吧。
楓張開小小的手，進行深呼吸。一次……兩次……做完第三次時，她仰望咲太，眼神蘊含了決心。
「接下來，要在哥哥的背後合體。」
「這究竟是什麼狀態，方便我姑且問一下嗎？」
「像這樣緊貼的感覺。」

楓做出緊抓不放的動作示意。

「好，我知道了。」

其實咲太不太清楚，但要是楓在說明的時候失去鬥志就太可惜了。何況只要做了就知道，所以「不知道合體是什麼意思」只是小問題。

咲太在楓面前轉身背對她。

如同剛才的說明，楓緊抱咲太。雙手從後方環抱，完全是將咲太固定住的狀態。

「像這樣黏著？」

這也是德式後橋背摔的準備動作。

「像這樣黏著。」

將臉埋進咲太背部的楓講話不太清楚。聽聲音似乎微微發抖，應該不是多心。

楓緊貼的胸口傳來撲通撲通的心跳聲，明顯跳得比咲太的心臟快。

就這麼靜止約三分鐘。

「我說啊，楓……」

「有。」

「現在算是在補給哥哥成分，對吧？」

「現在是百分之五十。」

「還要幾分鐘？」
「五分鐘。」
講得斬釘截鐵。
既然是五分鐘，那就等吧。
咲太如此心想，在玄關任憑妹妹抱住，待命五分鐘。
這段時間，「我究竟在做什麼？」的疑問掠過腦海，但咲太決定別在意。世間某些事情別深入思考比較好。
咲太想著這種事的時候，經過五分鐘了。
「楓，狀況如何？」
「再……再五分鐘。」
「害怕的話，今天差不多到此為止也可以吧？」
咲太感覺楓的發抖程度隨著時間加重。
「畢竟再怎麼說，妳已經穿上鞋子，成果算很夠了。」
「不……不要！」
楓即使語氣顯得害怕，意志卻非常堅定，感覺像是畏畏縮縮地逞強。
「哥哥，楓在害怕。」

咲太也很清楚。就是知道她在害怕，才會提議進行戰略性撤退。

「楓害怕就這樣維持現狀。」

「……」

看來咲太誤會楓話中「害怕」的意思了。

「想到今後永遠都會這樣下去，楓就會害怕。」

「這樣啊。」

「楓非常喜歡家，也不抗拒和那須野一起看家。楓害怕外出，雖然害怕……但楓更怕自己永遠走不出家門。」

楓擠出內心的想法。

「這樣啊。或許吧。」

咲太只能接受。

咲太不打算說自己能體會楓的心情。雖然不可能說得出口，但咲太知道某些不安情緒會因為逃避而增長，知道某些恐懼情緒會因為逃離討厭的事物而誕生。

舉個小小的例子，就是考前偷懶沒溫書時，那種心神不寧的獨特感覺。不溫書很輕鬆，但就算遊玩也不會快樂。

類似這種感覺卻隱藏更強烈漩渦的不安，這就是楓在家裡總會感受到的情緒吧。

這是楓發抖的真相，心跳加快的真相。裹足不前的不安情緒折磨著楓。

必須完成她「想外出」的願望才能去除這份不安。

「楓，我開門了。」

儘管有點強硬，但咲太認為現在的楓需要這種力量。

「好……好的。」

楓沒說「不要」，也沒說「不行」。

楓的心臟跳得好用力。由於身體完全貼緊，咲太以為楓的心跳是自己身體的一部分。

緊張感逐漸支配咲太的身體。

即使如此，咲太還是繼續朝門把伸手，靜靜轉動，緩緩推開門。外面的空氣從腳邊吹入，楓大概也察覺這股氣息了吧。

「開了。」

「開了嗎？」

咲太放下門擋，將門固定在開啟狀態。

「楓，我有一個問題。」

「好的。」

「妳看得見前面嗎？」

以從背後傳來的緊貼程度想像，楓肯定看不到前方。她完全黏著咲太，吐氣的熱度也從背後傳來，所以臉應該也埋在身後。

「楓怕得閉上眼睛，所以當然看不見。」

「好，這樣啊。我知道了。」

還談不上什麼視野的問題。既然閉著眼睛，當然不可能看見。何況楓的戰略似乎一開始就預料到會閉上眼睛。楓毫不迷惘。

「那麼，我慢慢前進喔。」

為了離開玄關，首先踏出小小的第一步。

楓像是被拉著走一般貼在身後。

「哥……哥哥……」

「什麼事？」

「已……已經出去了嗎？」

「還在玄關。」

咲太再踏出一小步。

楓的腳也跟著踏出一小步。

「這次真的出去了嗎？」

「還很遠。」

再一步；楓也再一步。

然後再一步；楓的腳也跟著再踏出一步。

而且每踏出一步，楓的腳就變得沉重，試圖阻止咲太前進。抓著咲太的手臂使力，楓的顫抖傳達到咲太的身體。

「楓，只差一點了。」

「哥……哥哥，請等一下。」

楓的顫抖有增無減，感覺止不住了。

「那……那個！」

所以就算沒問，咲太也知道叫住他的楓想說什麼。

「楓……楓不行了……做不到。一步都動不了。」

顫抖程度愈來愈嚴重。

「沒事的。既然這樣，那我也不動。」

「還是算了……楓這個樣子，想外出還是練個十年再來吧。」

「應該不需要再練十年，但妳今天充分努力過了。」

「不，是楓太天真了。」

楓以額頭摩擦咲太的背。

「總之，今天就好好洗個澡，改天再說吧。」

「好……好的……」

楓的語氣聽來沮喪。

同時，貼在背後的她體溫逐漸離開。

「呃，咦？」

片刻之後，楓發出疑問的聲音。

「怎麼了？」

咲太假裝沒發現，轉身詢問。

「因……因為……」

語塞的楓看向自己腳邊，然後朝咲太投以確認的視線。

箇中原因只要看向周圍就一目瞭然。

「哥哥，這裡是……」

「是外面。」

是的，楓已經站在玄關外面了。

只有一步。玄關大門依然開著。即使如此，楓依然自己站在玄關外面。這是確切的事實。

「哥哥，你騙了楓！」

「對，我騙了妳。」

和學騎腳踏車的原理相同。實際上，楓小時候就是這樣學會騎腳踏車的。在能夠保持平衡之前，都是父親在後面扶著。楓不停說著：「不要放開，不要放開……」父親嘴裡回應：「我知道，我知道。」手卻早就放開了。楓騎的腳踏車即使沒有父親扶著，依然平順筆直地前進。

只要察覺就沒什麼大不了。

有點怯懦的楓容易自己將問題放大。

只要沒發現已經走到外面，楓就可以像這樣走到外面。

她缺乏的是一點點的自信。

以及用來建立這份自信的小小謊言。

「楓……楓……」

楓當場無力地癱坐下來。

受驚而腿軟的表情。這副表情逐漸變形，立刻變成哭泣的表情。

「嗚……」

楓就像事出突然而被嚇到的孩子發出哭聲。

「呃，喂，楓？」

出乎預料的反應使得咲太吃了一驚。

「嗚嗚……」

楓繼續嚎啕大哭。

「我說謊了，對不起。」

咲太蹲下摸楓的頭，不斷撫摸安慰。

楓貼在咲太身旁。

「嗚嗚嗚……哥哥……哥哥……」

「真的是我的錯。」

「不對……不對啦！」

楓幾乎說不出話，只能重複「不對」兩個字，一次又一次地重複。

「哪裡不對？」

楓發出打嗝般的嗚咽聲，試著將眼淚裡的情感吞進肚子裡，卻遲遲無法如願。到最後，楓就這麼口齒不清地說下去。

「楓很……嗚嗚嗚嗚……」

「嗯。」

「楓很……高興……」

「嗯。」

「楓很……高興……可以走到外面。嗚啊啊啊啊！」

咲太一邊聆聽妹妹啜泣的嗚咽聲，一邊暗自吸氣強忍淚水。

4

接下來的這幾天，接連發生令人高興的事。

順利朝家門外踏出一步的楓兩天後成功走到電梯前面，四天後打開一樓的電子鎖大門。

成功完成新目標的隔天果然發燒，手臂或腿上也出現新的瘀青。不過只要過一晚就大致康復，楓掛著笑容希望能走得更遠。

每次的「成功」確實化為自信。

楓的笑容就是這麼說的。

前天造訪麻衣家，受邀一起吃晚餐；昨天成功前往附近的公園。

每次都非得咲太陪同才做得到，但是楓已經可以自己好好看著前方走了。

只不過，她似乎害怕陌生人，光是在走廊和公寓鄰居交會，或是在外面遇到行人，楓就會繃緊身體。要是視線和別人對到，她就明顯畏縮，希望盡早回家。

這種日子肯定會發燒，也會出現瘀青。

所以還不能盡情高興，現狀不容許大意。即使如此，楓還是想要外出，每次外出都走到比上次遠的地方。

這樣的成果要讓咲太抱持開心的情緒綽綽有餘，咲太自己也知道內心樂不可支。坦白說，他甚至想和大家分享這份喜悅。

這樣的心情是楓給的。

十月三十一日，星期五。

這天，上午的課結束之後，咲太來到物理實驗室分享幸福。

他來到這裡是為了單方面將楓的成長告知理央。理央沒有權利拒絕。

咲太擅自說了十分鐘左右。

「不愧是梓川，戀妹情結的豬頭少年。」

咲太終於講完時，理央一開口就這麼說。

「妳說誰有戀妹情結？」

如果是戀姊情結就另有人選。有和香就夠了。

「高二男生聊到小兩歲的妹妹可以講這麼多，應該充分具備戀妹情結的天分吧？」

「是嗎？」

「你沒自覺的這一點可嚴重了。」

理央輕輕嘆口氣。

「不過，這次我認為在所難免就是了。」

「對吧？」

再怎麼說，楓也成功外出了，而且是自己主動說想外出……立下目標、擬定戰略而成功。不為這種事高興的哥哥不是哥哥，應該算是惡魔或類似的妖怪。

「無論如何，真是太好了。」

「雙葉，改天妳也來我家吧。楓應該也想見妳。」

「真的？」

「她說妳博學多聞，很了不起。」

暑假期間，理央因故住過咲太家，所以和楓有不少交集。當時楓向理央請教功課，理央似乎教了各種有趣的科學小知識。

「等我想去再說吧。」

理央講得冷漠，嘴角看起來卻似乎很高興。她的手從剛才就一直在便條紙上寫字。

寫完之後撕下便條紙，貼在實驗桌上的板子上。
「這是校慶展覽用的板子？」
今天已經是十月三十一日，校慶是三天後。各班級與社團的準備工作都進入最後階段。
「如你所見。」
板子詳細記載了實驗報告。便條紙上寫著整塊板子內容的標題。
「這個，幫我擺在後面的櫃子上。」
理央將海報大小的板子推向咲太。
「是是是。」
咲太聽話地起身，將板子搬到教室後面，靠牆立在櫃子上。
「再往右十公分。」
理央意外地重視細節。
「歪了。」
「……」
咲太稍微調整角度。
「總之，大概是這樣吧。」
咲太內心累積些許不滿，回到理央身邊。

「謝謝。」

理央端出一杯咖啡擺在實驗桌上。一如往常以燒杯裝的咖啡，咲太感恩地享用，剛才的些許不滿也飛到九霄雲外。

咲太一邊以又黑又苦的液體潤喉，一邊環視教室。沿著牆壁井然有序排列的實驗報告展覽板總共約二十面。科學社名下社員只有理央，所以這堪稱是亮眼的成果。

咲太對理央說完感想，理央就說出原因。

「反倒是因為社員只有一個人，所以校方要求展現活動實績。」

咲太之前聽她說過科學社處於何時廢社也不奇怪的立場。一般來說，社團必須有五名社員，校方才會承認資格。科學社是原本人數足夠卻逐漸減少，所以勉強存活下來。

「這東西，會有人來看嗎？」

老實說，這不像是高中生會看得開心的玩意兒。至少咲太覺得沒人想在熱鬧的校慶當天看這種東西，充滿做學問的味道。

不只如此，物理實驗室這個地點也有問題。這裡位於走廊盡頭，應該也不會有人不經意逛到這裡吧。

「去年有好幾個人來看喔。」

「反正其中一個是國見吧？」

「只有國見仔細看完所有內容。」

「那個傢伙真討人厭耶。」

「是嗎？」

「做什麼事都帥到破錶。」

「這我不否認。」

「對吧？」

「不過，待最久的是你。」

「是嗎？」

「你明明記得。」

「……」

「哎，以你的狀況來說，應該是沒其他地方可去吧。」

「拜託別在我校慶的心理創傷上灑鹽。」

沒朋友能一起逛，在班上也沒有容身之處的人，在校慶當天該何去何從？真希望教育機構在舉辦活動的時候，多多為不同立場的學生著想。習慣團體生活或集體行動應該是必要的教育吧，但應該也需要不干涉彼此領域的協調性。

「不過，今年的校慶會很開心吧？」

「嗯？」

「不是有櫻島學姊嗎？」

「這在某方面來說應該會超顯眼，這樣不好吧？」

「在全校學生面前示愛的梓川事到如今卻講這種話？看你上了全國無線電視台的新聞都面不改色，我還以為你沒有知覺。」

「那個終究做過模糊處理。」

不過上傳到網路的照片就沒做過這種處理……

「對了，講到櫻島學姊我就想到……」

「什麼事？」

「剛才聽你提到小楓的時候我就在想，你對學姊說了嗎？」

理央明顯改變氣氛，隔著鏡片看向咲太的眼神很認真。她當真在關心咲太。

「說什麼事？」

「小楓的『那件事』。」

話中有話。正因如此，咲太知道理央這句話的意思。

「……」

「原來沒說。」

「我認為現在維持這樣比較好。」

「哎，這個嘛……說得也是。她知道的話，對你的態度可能會變。」

「以麻衣小姐的個性，應該會一如往常地對待我吧。」

麻衣是從童星時代就活躍於演藝圈的正統女星，要是她真的說謊，咲太恐怕也不會察覺。

「我打算等時機到了就好好說明。」

「這樣啊。那我不多說了。」

「謝謝妳擔心我。」

「因為要是你和學姊吵架之後跑來找我商量，我也很麻煩。」

理央不知道是開玩笑還是當真這麼說，引得咲太放聲笑了。

5

進入十一月，氣溫突然下降，感覺冬天的腳步近了。

在這個季節，校內看不到沒穿制服外套的學生，進行社團活動的學生也穿好整套運動服。

附近公園不久前依然青翠的草木也是，回過神來就發現葉子即將轉紅了。每當冷風吹起，性急的銀杏或山毛櫸就落葉紛紛。

進入深秋的十一月三日，文化節。

峰原高中舉辦校慶活動。

這天，國中生翔子來學校玩，所以咲太帶她逛校內。

「從教室窗戶真的看得見海耶。」

站在窗邊的翔子由衷感動。

「要是我也能念這裡就好了。」

這樣的感想脫口而出。

這句話聽起來惆悵揪心，因為咲太知道翔子罹患重症。醫生宣告的剩餘壽命絕對不算長，甚至不確定能否從國中畢業……

「啊，不過上課的時候，可能會一直看海沒辦法專心。」

翔子害羞的笑容沒有悲戚，是想像升上高中的自己，真的這麼認為而露出的笑容。

「我也都在看海，完全沒聽課，所以沒問題的。」

「要好好上課才行喔。」

翔子年紀比較小，卻像大姊姊一樣訓誡咲太。

「也對。畢竟第一志願也決定了，得努力才行啊～～」

「第一志願嗎……就算我考上峰原高中，咲太先生到時候也不在了吧？」
有點惋惜的語氣。
「只要沒有不小心留級。」
「咲……咲太先生，請好好畢業喔。」
大概是聽起來不像玩笑話，翔子有些拚命地要求。
除此之外的時間，咲太和麻衣共度，也到朋繪的鬼屋露面，故意「哇～～」地尖叫；還去看了理央的展覽。
朋繪曾說班上氣氛凝重而令她煩惱，但在朋友的扶持之下，似乎勉強克服難關了。
「不過還是處得不太好，感覺只是暫時平息……」
「在我的班上，氣氛似乎以我為中心變得凝重，所以妳那邊應該沒問題。」
「這是怎樣？」
「我在班上辦的跳蚤市場顧攤時，國見的女友對我這麼說。」
「學長真的很了不起耶。」
「要誇獎的話，應該誇獎敢當面對我說這種話的國見的女友。」
「能讓同學數落到這種程度的學長很了不起。」
說來遺憾，咲太和朋繪的議論到最後都沒達成共識。

其他值得一提的事件只有每年運動社團主導舉辦的校花選拔，讓咲太稍微捲入了麻煩事。結束之後就覺得今年校慶大致和去年相同。

這樣的校慶落幕之後，校內氣氛沒沉醉在節慶的餘韻，逐漸回到現實。

一心想獲得異性青睞而緊急組成的樂團很乾脆地解散，因為熱鬧的慶典氣氛而迅速增加的情侶只有少數維持下去。

經過一週，教室裡再也聽不到有人提及已經結束的校慶。話題更新的速度很快。在這個時代，諧星也是三個月就會逐漸銷聲匿跡。

在這樣的日子裡，咲太依然繼續陪楓特訓。

進入十一月的前十天，楓的行動範圍迅速擴大，昨天終於成功抵達了江之電的石上站。之所以避開最近的藤澤站，是因為那裡是可以轉搭三條路線的大型車站，咲太判斷乘客太多會令楓感到為難。

「搭這班電車就可以去海邊嗎？」

楓看到進入石上站的電車，以暗藏期待的眼神問了。

「嗯，可以喔。」

「楓想看海。」

「那要去嗎？」

「今……今天想回家了。」
楓和下車的旅客四目相對，便抓住咲太的手臂。
「知道了。」
咲太在回家途中感覺和楓一起去海邊的日子不遠了。
而且，這個想法將確實成真。

六天後的十一月十六日，星期日。天氣晴。
咲太與楓一起從石上站搭乘江之電電車，車上比想像的還空。
即將進入冬季的這個時期，觀光客的腳步終究也遠離江之島與周邊大海了吧。
咲太與楓並肩坐在空位上。
楓即使坐著依然緊抱咲太的手臂不放，透露小動物般的戒心，觀察坐在正對面的一群老奶奶或是聚集在車門旁邊的女大學生集團。
「他們覺得楓很奇怪嗎？」
只要不小心和別人對上視線，楓就會這麼問。
自從敢外出之後，楓動不動就這麼問。她非常在意別人的目光。
「沒事的。」

「可是，楓莫名感覺到有些關懷的視線。」

「大概是因為妳好像無尾熊抱住我吧。」

「可是，楓離開哥哥就會死掉。」

楓露出洋溢著悲壯感的表情。沒有開玩笑的餘地，楓是認真的。她雙手使力，彷彿絕對不會放開。

「那麼，就讓他們以關懷的視線守護妳吧。」

「說得也是，關懷是好事。」

電車抵達江之島站。約一半的乘客下車，差不多人數的另一群人上車。

其中有幾個雖然是假日依然穿制服的女生，推測應該是國中生。楓一發現這群女生，就更用力抱住咲太。

她縮起身體，避免和他人四目相對，大概是面對同年紀的女生會感到自卑。明明她們每天穿制服上學，楓卻做不到，到現在依然做不到。

做不到大家理所當然在做的事，箇中難受的程度光靠想像應該無法理解吧。楓做出這天最害怕的反應。

坐著不動的這段期間，電車停在下一站腰越站，然後再度起步。

「楓，看看窗外。」

咲太催促楓轉身看座位後方。搭江之電不看風景太可惜了。
「為什麼？」
「妳先照做。」
咲太說完，楓提心吊膽地朝車窗轉身。
緊接著，原本像是穿梭在住家之間行駛的電車來到了沿海的道路。
「哇……」
楓發出幾乎不成聲的喜悅聲音，只有嘴巴張得好大。今天天氣很好，所以反射陽光的海面閃耀白色光輝。上方是秋季的清爽天空，分隔天空與海面的那條水平線散發神祕氣息。
「是……是海……」
楓抓著咲太上衣的手增加力道。雖然情感表達得比較節制，楓的感動卻徹底傳達給咲太了。細細品嘗的感覺，這種反應反而真實。眼見的事物打動內心時，這份震撼會令人語塞，因為那是無法以言語形容的感動。
被大海奪走注意力的楓直到抵達七里濱站都目不轉睛地看著窗外的景色，雙眼閃耀著和海面同色的光輝。
「小心縫隙喔。」

除了咲太與楓，只有幾人在七里濱站下車。看來在戲水季節已過的現在，假日來觀光的遊客果然不多。

「哥哥，有種味道。」

一出站，楓就露出詫異的表情。

「是海的味道。」

「海原來有味道啊。」

行經一座橋前往海岸線。正前方已經看得見七里濱的海。

咲太與楓手牽手，走在平緩的下坡。

走沒多久就被１３４號國道擋住去路。

「啊……」

等待漫長的紅燈時，楓察覺了。

她在橫越國道的另一頭看到熟悉的人物。麻衣沿著通往沙灘的階梯走上來。

麻衣察覺兩人，揮手示意。

綠燈之後，楓放開咲太的手，小跑步過馬路。咲太也跟著走過去。

「小楓敢搭電車了啊，了不起。」

楓跑到麻衣面前，麻衣摸了摸她的頭。

「我做了便當獎勵妳，一起吃吧。」

麻衣拿起手提的籃子給楓看。

「好的！可是，麻衣小姐為什麼會在這裡？」

楓歪過腦袋。

「因為我也想和小楓來海邊。」

要是一起搭車，藝人麻衣會引人注目，所以約在這裡集合。

「楓也很高興麻衣小姐一起來。」

楓和麻衣牽手走下階梯。下方是沙灘。

「喂～～」

金髮女生在沙灘上揮手。

「話說，原來豐濱也在？」

咲太和麻衣約好在這裡集合，卻不知道和香也在。

雖然這麼說，不過自己人愈多愈好。這樣楓也比較能放心，所以咲太很感謝和香過來。

肯定是麻衣貼心安排的吧，而且和香也答應了。

「不過，以豐濱的狀況來說，應該是不可能拒絕麻衣小姐的邀請吧……」

再怎麼說，和香也是個道地的戀姊女孩。

咲太一邊自言自語一邊跟著走下階梯。

「在戶外吃的飯糰格外好吃。」

楓坐在塑膠墊上一邊看海一邊帶著笑容享用飯糰，表情真的只能以幸福來形容。要是將幸福畫成一幅圖，應該就是這種感覺吧。

「真的，麻衣小姐捏的飯糰格外好吃。」

「包鮭魚的飯糰是我捏的。」

和香說了。

咲太總之先低頭看了飯糰內餡。漂亮的鮭魚粉紅色。其實不用看也知道，因為味道與口感肯定都是鮭魚……

「難怪不太……」

「那你別吃。」

和香伸手過來想沒收，咲太一邊閃躲一邊把剩下的飯糰放進嘴裡，咬了咬後吞下。

「……」

看著這一幕的和香似乎有所不滿。

「飯糰是無辜的。」

「姊姊，男友是這種個性，妳覺得怎麼樣？」
和香大概覺得自己敵不過咲太，便向麻衣求助。
「咲太講這種話的時候只是希望有人理他罷了，所以我不在意。」
「啊～～原來如此。確實。」
不愧是麻衣，對咲太瞭如指掌。
「麻衣小姐真懂我耶。」
萬般無奈下說出的不服輸話語被海風吹向遠方。

吃完飯之後，咲太等人又是堆沙丘又是在海岸線賽跑，簡單活動筋骨幫助消化。
由於麻衣與和香都在，所以楓應該玩得相當安心。
實際上，楓玩得很開心，歡笑聲不絕於耳。
因此在聊到準備回家的時候，發生嚴重的問題。
「哥哥，糟糕了。」
坐在塑膠墊上休息的楓愁眉苦臉地仰望咲太，一副非常為難的表情。
「嗯，怎麼了？」
「楓覺得……」

「覺得？」

「好累了。」

「這樣啊。」

「感覺走不動了。」

「因為妳是溫室裡的花朵啊。」

楓長期以來足不出戶，難免沒體力。

「好啦，這下子怎麼辦？」

遠足直到回到家才算結束。

「怎麼辦？」

咲太只想到一個方案。

「要背？」

「要背。」

楓一臉嚴肅地點頭。

「真的？」

「真的。」

咲太只是想開個玩笑，但楓看起來真的連站起來的精神都沒有。即使如此，她眼神依然閃

亮，大概是因為滿心希望哥哥背她回家吧。

咲太覺得應該背得到七里濱站，所以背對楓蹲下。

「好，上來吧。」

「耶～～」

楓緊抱住咲太。

「嘿咻……」

咲太背起她。

目睹整段過程的麻衣帶著傻眼的表情。和香似乎就負面意義來說感到佩服，刻意以咲太聽得到的音量說「真有一套」。

「咲太才有戀妹情結吧？」

咲太假裝沒聽到，在沙灘上走。背著楓所增加的重量反映在纏腳的沙子上，踏出腳步，支撐身體的腳就會下陷。

比想像中還累。

麻衣面不改色地和咲太並肩前進。

「咲太。」

「嗯？」

「當著女友的面和妹妹卿卿我我是什麼感覺？」

「五味雜陳的感覺。」

麻衣輕戳咲太的臉頰。男友正在努力背妹妹，她卻這樣對待真過分。咲太雙手負責支撐楓的臀部，所以沒有預防手段。

即使如此，他還是好不容易抵達階梯下方。

鬆軟的沙灘相當麻煩，但現在才是真正吃力的時候。

要前往車站，一定得爬階梯。

就在咲太踩著一半埋沒在沙子裡的第一階時，他聽到這個聲音……

「咦？楓兒？」

頭上傳來驚呼聲。

咲太反射性地抬起頭。約二十階的階梯中段，一名少女張著嘴佇立不動。

「認識的人？」

和香率先起反應，麻衣則開口回答。映在咲太眼簾的少女和麻衣有一面之緣。幾天前在峰原高中的校門前見過面，也交談過。

她是咲太的舊識。

名字是鹿野琴美。

琴美的雙眼看向咲太身後……看向楓。

「楓兒。」

她以懷念的綽號稱呼。

「……」

楓沒回應，只是慢慢從咲太背上滑落。

隔著肩膀傳來緊張的呼吸聲。

上衣背部被用力抓緊。

「楓兒？」

楓猛然顫抖。琴美詫異地看著這樣的楓，眼神帶著深深的疑問，似乎想問「為什麼」。

「是我啊。」

琴美像是要拭去不安般按著胸口。「妳知道吧？」她以堅定的視線詢問楓。

然而，楓說出的話完全違反預料。

「妳是誰？」

楓躲在咲太背後，戒心表露無遺。

「……？」

楓的反應使琴美睜大雙眼，眼睛深處因驚愕而晃動。顫抖的嘴唇想說話卻編織不出話語。

「對……對不起。」

楓愧疚地低語。

「是我啊，鹿野琴美。楓兒，妳不記得了……？」

琴美求助般探出上半身。

「對不起。」

即使如此，楓依然只有道歉。

咲太早知道兩人見面會變成這樣，所以建議琴美不要見面。他擔心琴美會受到打擊……

「……」

琴美不發一語，什麼話都說不出口，只能被眼前的事實耍得團團轉。她一臉無法理解發生什麼事的樣子，無盡的不安深刻在臉上。

「……」

楓也保持沉默，完全躲在咲太背後。

「怎麼回事？」

既單純，也是最適合在這時候提出的疑問。詢問的人是默默旁觀這段互動的麻衣。

咲太緩緩轉身。

「……」

等待他的是麻衣嚴肅的眼神。

咲太早就覺得總有一天得說明。雖然沒想到就是今天，但他依然不慌不忙。

他靜靜地深深吸了口氣。

接著，他像是要告知在場的所有人，說出單純的事實。

「楓沒有記憶。」

即使海風吹拂，他的聲音還是神奇地清晰傳入眾人耳中。

第三章

活在無盡夢境的後續

1

一切要重回到兩年前說起。

「梓川花楓的症狀，應該是一種解離性障礙。」

負責診察的是年約四十五歲的精神科女醫。和父母一起來聽結果的咲太聽她當面說出陌生的專有名詞。

「解離性……障礙？」

父親不經意複誦醫生說的這句話。

「是的，解離性障礙。」

醫生一邊說一邊在桌上的便條紙寫下「解離性障礙」五個字。

「這樣啊……」

「一般來說，我們會把自己的知覺、意識與記憶整合起來，認定這就是『自己』對吧？」

「……」

父母無言地點頭。咲太默默等待醫生說下去。

「『解離性障礙』就是喪失這種完整主觀認知的症狀。換句話說，至今認定是『自己』擁有的知覺、意識與記憶，在罹患這種症狀之後就無法認定是『自己』所擁有。」

「……是。」

父親只出聲回應。

「比方說，失去身體的部分知覺，或是將眼前發生的事當成電影或電視裡的事件，都是符合這個定義的症狀。同樣的，也有患者的症狀是失憶或記憶不完整。就像這次的病例。」

醫生先停頓下來，給咲太他們一些時間接受。

「原因很難直截了當地說明……不過解離性障礙的主要成因，推測是極度的心理壓力或內心創傷，也就是精神負擔過重。」

「……」

咲太他們已經無法好好說話了。

「記得花楓小姐和國中朋友相處得不太好，不斷地自殘？」

精神科醫生的這個認知是錯的，但咲太沒插嘴糾正，因為他已經知道說了也沒人相信。

「後來也持續拒絕上學。」

「是的。」

「只將原因歸咎在這一點或許過於心急，不過恐怕是這個困境一直壓迫花楓小姐的心，終於

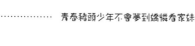

使她無法自行處理情緒。過於難受，難受到快被壓垮……所以她為了鑽出困境，切除她覺得『討厭』的部分自我。」

「這就是解離……」

「是的。花楓小姐藉此保護即將壞掉的自己。」

「……」

原來如此，聽醫生這樣講就不是不能接受。

「我認為各位難免會受到驚嚇，但這絕對不是罕見病例。」

「那個，換句話說，花楓她……？」

父親催促醫生下結論。他想早點知道女兒身處的狀況。坐在旁邊的咲太感受得到父親的這個想法。

「解離性障礙的特徵之一在於症狀明顯因人而異。依照今天兩位家長的說明，以及我和花楓小姐的對話判斷……現在的花楓小姐喪失了包括她自己、父母、哥哥、朋友還有自己身邊所有人的記憶。關於場所的記憶也是……她不知道這裡是日本的哪個縣市或區域。」

「請……請問……花楓是生病了嗎？」

母親插嘴提出乍聽之下像是完全搞錯方向的問題。不過這也是掠過咲太腦海的疑問。這是疾病嗎？

和咲太知道的疾病形式完全不同。沒發燒、沒咳嗽，也沒有流鼻水。

就像戲劇或漫畫裡會出現的失憶現象。

咲太沒想過這種事會發生在自己身邊。不，不只如此，他也沒想過「失憶」真實存在。對咲太來說，這是只出現在虛構世界的東西。他認為這是為了帶動故事高潮而捏造的病。

現狀真的是連續劇的一幕。這位精神科醫生居然沒吃螺絲，正確說出這麼長的台詞，真是了不起。咲太深感佩服。

「請當成是一種心理疾病。」

「心理疾病……」

母親以困惑的語氣複誦。

「是的。如我剛才所說，現在的花楓小姐沒有以往和父母或哥哥共度的記憶。將父母認知為父母的記憶、將哥哥認知為哥哥的記憶也喪失了。我想各位很難立刻理解，不過記憶是成為人格支架的重要資訊來源。花楓小姐失去這個來源，因此她雖然是花楓小姐，卻不再是家人熟悉的花楓小姐。請各位為了花楓小姐理解這一點。」

無論說明多少次，聽起來也只是一派胡言。身穿白袍的醫生一臉正經地進行這種說明，咲太不禁差點笑出來，但實際上一點也笑不出來。

也無法把醫生的說明當成謊言否定。

因為妹妹花楓今天早上起床時真的忘了一切。

「你……你是誰？」

因為她一看到咲太就以畏懼的眼神這麼說……

不只是對咲太，花楓面對父親與母親也是相同反應。

「這裡，我……咦，這是怎樣？」

而且，她對自己也感到困惑。面對一無所知的現狀只能不知所措。

「我……到底怎麼了……」

她的模樣真的彷彿換了一個人，無從辯解。

「我想家人也很混亂吧，但是治療花楓小姐一定需要家人的協助。需要理解令嬡的症狀，成為她的支柱。持續待在可以安心過生活的環境將是回復記憶的一大助力吧。」

醫生如此說明之後，咲太和父母一起點頭。除了點頭別無選擇。

說出來就是「理解她、扶持她」……如此而已。不過咲太他們將會體認到如此單純的事情卻是最困難的事情。

以前花楓的記憶成為阻礙。

咲太與父母記得改變前的花楓。這是妹妹的記憶、女兒的記憶，累積十三年的回憶。

所以，他們剛開始不知道該保持何種距離對待花楓，連這種事都不知如何是好。即使自認充分注意到花楓失憶，自己內心對花楓的認知依然不知不覺造成影響。

某次，咲太帶小說探望花楓。那是昔日花楓喜歡的作家寫的小說。咲太湊巧在書店看到這本新作，幾乎用盡錢包裡的所有財產買下。對只是國中生的咲太來說，一千六百圓是頗大的開銷。

即使如此，咲太購買時也毫不猶豫，因為他認為花楓肯定會高興。

然而，從咲太手中收下書的花楓一臉詫異。

「謝……謝謝。」

花楓有點客氣地道謝，不經意觀察咲太的雙眼隱藏不安，擔心自己的反應出錯。

「……那個，妳喜歡這本書嗎？」

咲太戰戰兢兢地如此詢問時，後知後覺地徹底體認到花楓沒有用來建構自我的記憶。眼前的花楓和記憶中的花楓不同，不是咲太熟悉的妹妹花楓。儘管臉蛋相同，外表一模一樣，依然像是另一個人……

和改變後的花楓相處愈久，記憶與認知的誤差就愈是清晰浮現。

說話方式不一樣，拿筷子的手也不一樣。明明原本是左撇子，卻以右手俐落地動著筷子。吃飯菜的順序不一樣；睡衣釦子是從最上面開始扣；笑的方式不一樣。和花楓不一樣……不一樣，不一樣，不一樣……

若是包含小細節，短短幾天發現的不同點就超過三十個。其實發現的數量更多，但咲太放棄

繼續數下去。

因為腦袋可能會出問題。

記憶裡的花楓和現在花楓的差異給予咲太嚴重的失落感。經過數天，咲太終於理解到這個女孩再也不是自己認識的花楓。

內心開了一個洞。什麼都沒有，空洞，空空如也。不，只有失去重要事物的無盡悲傷霸占在那裡，使得胃部一帶很不舒服。體內滿布烏雲，不對，是污濁的感覺。

在這樣的某一天，咲太胸口出現了三條爪痕……

他全身是血，被救護車送進醫院。

至今還沒查明原因。只是咲太也住院了，而且像是要逃離住院生活的窒息感，開始找機會溜出病房。

並不是想去特定的地方。

他實在無法忍受自己停留在那裡。

陷入絕境的妹妹狀況嚴重到內心解離，做哥哥的咲太卻沒能救她。咲太想逃離當初沒為妹妹做任何事的這份後悔，總之想和這份追著他的後悔保持距離。

就這樣，他最後逃到七里濱的海邊。

縣內的海邊，想來隨時都能來的海邊。

不過如果沒發生這次的事件就沒有動機來訪的海邊。

咲太在這裡遇見了她。

牧之原翔子。

高中二年級的女生。

在國三的咲太眼中，她看起來頗為成熟。美麗的黑髮、制服短裙、介於可愛與美麗之間的側臉。不過表情豐富，笑容親人。

這樣的翔子在海邊偶然遇見咲太，主動向他搭話。即使咲太冷漠以對，她還是纏著咲太說話。之前咲太說了也沒人願意聽的事情，她認真聆聽，而且相信。

然後，她對不在乎這一瞬間、不在乎未來、不在乎世間一切的咲太送了這句話。

——咲太小弟，我認為啊，人生是為了變溫柔而存在。

翔子的聲音緩緩滲入沒能為花楓做任何事的咲太胸口，像海綿吸水般緩緩滲入……

——為了達到「溫柔」這個目標，我努力活在今天。

這是咲太不知道的價值觀。

關於人生為什麼而存在，咲太還沒有任何實際的感受。而且對國中生來說，擁有將來想成為的目標正是對於「人生」的唯一模範解答。學校一直是這樣教育他的。

換言之，就是將來的夢想。

擁有夢想並且實現，這是老師或大人傳授給青春期少年的人生意義。

被洗腦認定這是充實的生活方式。

而且對國三的咲太來說，夢想暫且簡化為「志願高中」的形式。在教師的詢問之下，他瞪著成績單，要是選擇考得上的高中就會被接受；要是為了實現夢想而逞強就會被勸誡：「最好多多正視現實，多報考幾所高中當保險。」

就咲太所知，自己的人生就是這樣不經意地接受安排。

為了變溫柔而活。

沒人教他這種生活方式。

之所以自然而然地流淚，是因為接觸到翔子的溫柔，因為知道翔子願意原諒昔日無能的他。因為咲太有這種感覺……不只如此，翔子還教他只要今後變溫柔就好。

所以，咲太放心地流淚。淚流不止。

這天，從海邊回家的路上，咲太買了一本筆記本與一支筆。是女生使用的可愛款式，筆記本選擇頁數多一點的，可以寫很多內容。

他筆直前往花楓的病房。

「我買了這個給妳。」

咲太就這麼整袋交給花楓。

「這是……？」

花楓看著咲太，像在尋找正確答案。她試著解讀氣氛。應該是在窺視空空如也的記憶之盒，尋找「花楓」會做的反應。

「先別問，打開看看。」

「……」

花楓就這麼聽話地取出內容物。

出現的是厚厚的筆記本與筆。

「這是……？」

花楓一臉困惑的樣子重複相同的話語。不過她的疑問加深了。

「昨天醫生說過，無論什麼事情都好，可以試著以自己的話語寫下當天發生的事情或是自己的想法。」

對於自己的疑問也可以寫，感到不安的事情也可以寫。醫生說將這一切寫成文字，應該可以逐漸確立花楓現在的自我。

「好的，知道了。」

花楓大概沒有接受。失去許多記憶的花楓內心沒有用來認同事物的根據，筆記本也是用來填

補這些空白的工具。

「首先是名字。」

「好的。」

花楓將筆記本放在橫跨病床的桌子上。封面有姓名欄位，她拿起筆慢慢書寫。握筆的方式果然也不一樣，她以右手握筆。

「啊，等一下。」

寫完姓氏「梓川」的時候，咲太阻止花楓。

「嗯？」

從筆記本上抬起頭的花楓一臉疑惑。

「關於名字……」

「放心，我會寫。我的名字是『花楓』，花朵的『花』、楓葉的『楓』，對吧？」

咲太搖搖頭。

「……」

花楓的表情顯得愈來愈疑惑。

「改成平假名的『楓』吧。」

「平假名？」

「因為妳不是『花楓』，是『楓』。」

「……！」

她驚訝地睜大雙眼，眼裡立刻噙滿淚水。大大的淚珠一顆顆滴在筆記本上，使得「梓川」兩個字暈開。

「……」

楓反覆開闔嘴巴想說話，但是想說的事情沒能化為話語。

「一直以來對不起。我明明早就知道了，卻沒能體諒。」

「嗚，嗚……」

淚珠繼續一顆顆滑落。

「嗚，嗚嗚，嗚啊啊啊啊啊啊！」

累積的不安一口氣爆發，堰塞的情感瞬間氾濫而出。

楓醒來之後一直繃緊神經吧。不知道可以依賴誰，甚至不知道可以相信誰……

一直孤零零地處於不安之中。

她的哭泣方式就像終於見到爸媽的迷路孩童。

楓哭個痛快之後，以有點圓的字體在筆記本上寫字。

——梓川楓

楓驕傲地看著寫下自己姓名的筆記本封面好一陣子。百看不膩地一直看。

「哥哥……」

「嗯？」

「是哥哥對吧？」

「對。」

直到這天，咲太才第一次看見楓的笑容。久違的妹妹的笑容。

希望今後的每一天對楓來說都是美好的日子，希望像這樣充滿笑容的日子來臨。咲太許下這樣的心願。

然而，現實在某方面來說沒這麼簡單。

有時候只要一個契機就能讓一切順利，有時候卻不是這樣。楓的狀況算是後者。

一個人失去十三年來的記憶，變得判若兩人。這種事怎麼想都沒那麼單純。

歷經約一個月的住院生活，楓終於出院。

世間是紅葉的季節，楓葉的季節。

楓從這天起在家裡療養。

雖說可以出院，卻不是可以立刻展開日常生活的狀態。完全不記得住家周邊的地理環境，所以外出肯定會迷路。楓甚至連家裡的樣子都不知道。
想恢復到能夠上學當然需要不少時間吧。
班上同學認識「花楓」。明明外表是「花楓」，內在卻是「楓」。這種認知上的誤差會對楓造成負面影響，這是輕易就能想像的事。為了上學，必須讓校方知道楓現在的狀態。不過對於昔日霸凌「花楓」的同學們，咲太只覺得那些人不可能理解這種事。
關於解離性障礙，連咲太他們家人都苦於無法理解，每天反覆摸索該如何面對。光是字面上的理解，只會成為冷嘲熱諷的笑柄吧。
所以楓即使出院也幾乎整天都在家裡度過。剛開始，即使是沒印象的「自己的房間」都令她感到困惑，但是經過一天又一天，她就逐漸熟悉了。
表情變得開朗，露出笑容的次數也增加。咲太放學回來，她就像是例行公事般跑到玄關說「你回來啦」迎接，早上則是說「哥哥，路上小心」目送他出門。
不過，楓的內心從那時候就已經逐漸被侵蝕。
白天，咲太要上學、父親在公司工作，因此和楓相處最久的是專職主婦母親。
對話與互動增加就可能會不經意提到「花楓」的事。畢竟家裡到處都是「花楓」用過的東西，也擺著家人的合照。
「回到和家人共處的家、回到本應熟悉的環境也可能刺激遺失的記憶。讓患者安心或許能緩

和解離性障礙的症狀，連帶協助取回記憶。當然不一定立刻就能產生變化，但我認為可以先從居家療養做起。」

醫生也是這麼說的。

「一直待在醫院也不好，就慢慢觀望吧。」

母親只是遵照這個方針。她對「楓」提到「花楓」並不是基於惡意，既然「治療」的目的是取回「花楓」的記憶，這種行為就是正確的。

只是對「楓」來說，並非一定造成正面的影響。

「慢慢來就好。」

楓每次聽到這句話，表情就會出現些許陰霾。

「不需要勉強。」

只要母親這麼說，楓就會一臉愧疚的樣子。

「放心，媽媽會等妳。」

每當母親這樣握住楓的手，楓就會露出不知道該如何回答的眼神，怯懦不安的眼神。

沒人希望楓是「楓」。父母與醫生都是眼睛看著「楓」，內心想著「花楓」。楓應該是這麼覺得的。連咲太都從周圍大人的言行這麼覺得，而且每次都會心生厭惡。

咲太當然希望妹妹回復「花楓」的記憶，希望她回復成「花楓」。但在這種狀況，「楓」將何去何從？

共處的日子點滴累積，咲太內心的不安也隨著增加。

突然襲擊妹妹的解離性障礙康復時，究竟會發生什麼事？不需要找醫生諮詢，咲太就能輕易想像……

開始居家療養經過一個月的時候，楓的異狀成為表象。

放學後，咲太從學校筆直回家一看，前來玄關迎接咲太的楓身上出現了瘀青。

手腳的白皙肌膚一部分變成藍紫色，異常的瘢痕，身體令人不舒服地嘎吱作響，酷似昔日為霸凌所苦的花楓遭遇的症狀。

究竟為什麼？

光是思考無從得知原因。說起來，思春期症候群的發病原因尚無定論，世人甚至質疑這種疾病是否真實存在。至少咲太身邊沒人相信。

原因或許是楓對於現狀感受到的不安與痛苦。說不定是楓體內的「花楓」意識對某種事物起反應。

「媽，楓她……！」

咲太連忙脫鞋，帶楓到在客廳的母親身邊。

「楓的身體又瘀青了！」

咲太讓母親看楓變色的手臂。

「啊，這樣啊。」

然而，母親只是和藹地微笑著這麼說，只在夕陽灑入的窗邊平靜地仔細摺疊洗好的衣物。

咲太到這個時候才察覺母親早就對這個現實投降了。

「花楓，放心。不會有事的。」

母親的溫柔笑容在這個場面極度格格不入。

從什麼時候開始的？或許從一開始就是如此。母親眼中完全沒有「楓」，只有「花楓」。

承受母親的溫柔視線的楓受驚般躲在咲太背後，緊揪咲太制服的手肘部位。軟弱的手逐漸出現新的瘀青，像蛇纏住手腕延伸到手肘下方。

這無疑是之前發生在「花楓」身上的現象。

診療楓症狀的醫生首先質疑是母親虐待女兒。應該是如此斷定的。

證據就是醫生不聽年幼的咲太與解離性障礙的楓解釋。兩人再怎麼說明、再怎麼強調不是虐待，醫生都不肯相信。

「沒事的。」

醫生對於自己的判斷深信不疑。多虧醫生這份沒有對症下藥的善意，楓再度住院了。

住院的楓變得拒絕離開病房，在意他人的視線，感覺隨時都在畏懼某些東西。

「楓害怕大家的目光。大家都在看花楓小姐。」

「放心，我是看著『楓』。」

「知道楓的人……只有哥哥……」

季節進入冬季，咲太決定找父親商量。

他要離開這座城市、離開父母，和楓一起住。

父親沒反對，大概是判斷這樣對母親也比較好吧。或許父親也在想類似的事，只是基於立場無法自己說出口。

「咲太，委屈你了。」

「爸在我小時候說過吧？」

「嗯？」

「你說過『咲太是哥哥』。」

「是啊。」

「可是，我沒能拯救『花楓』。」

「……」

「所以，這次我……」

接下來的想法沒能化為言語。

「楓就拜託你了。」

咲太支支吾吾時，父親這麼說了。

「爸爸也是，媽媽勞煩你了。」

「嗯。」

就這樣，咲太與楓離開橫濱市，搬到西南方相鄰的藤澤市，只以兄妹倆以及貓咪那須野展開新生活，在沒人認識「花楓」的城鎮從頭開始。

而且，到現在依然持續著。

2

咲太說完之後，得知內情的麻衣、和香與琴美三人都啞口無言。

這也無可厚非。如果咲太處於聽眾的立場，同樣會目瞪口呆。

應該沒有任何能讓她們察覺的要素。麻衣與和香只知道現在的「楓」，所以沒有餘地懷疑有關記憶的事；琴美則是只認識以前的「花楓」，不知道現在的「楓」，所以這也是理所當然。

「……」

經過漫長的沉默，首先開口的是麻衣。

「小楓累了，今天到此為止吧。」

從她口中編織的話語是這樣的關心。麻衣大概是認為就像楓需要休息，自己也需要時間接受這個事實。

「……」

實際上，琴美臉色蒼白，似乎受到相當大的打擊。

所以沒人對麻衣的提案有異議。

咲太把佇立在原地的琴美交給麻衣與和香處理。

「我送她到車站。咲太去招計程車吧。」

麻衣這麼說，所以咲太恭敬不如從命。

後來，咲太招到計程車，和楓先行搭車回家。

隔天早上，咲太被家貓那須野舔臉而清醒。

「怎麼啦，那須野，天亮了？」

「喵～～」

那須野看咲太不起來，就用前腳拍打咲太睡翹的頭髮嬉戲。這正是最道地的貓拳。

咲太被打到煩了只好起床，還打了一個呵欠。

「……」

看向時鐘，指針走過了七點半。已經過了楓平常叫他起床的時間。

「畢竟昨天發生好多事。」

咲太姑且先到楓的房間探視。

二話不說開門一看，楓在床上，姿勢是趴著。但她不是在睡，頻頻揮動手腳想起身。

「楓，早安。」

「哥……哥哥早安……」

「這是在模仿剛出生的小鹿嗎？」

如果是這樣，那她模仿得真出色。不過看起來是熊貓就是了……

「楓可能不行了。全身好痛。」

「那是肌肉痠痛吧？」

昨天楓在海邊放開心胸盡情嬉戲，肯定是當時的影響。用到平常不習慣使用的肌肉，導致身體發出哀號。

「這樣下去，楓大概沒辦法叫哥哥起床，也沒辦法送哥哥出門。怎麼辦？好痛！」

楓一邊喊痛一邊消沉，用盡力氣躺在床上。以防萬一，咲太摸了摸她的額頭。

看來沒發燒。這樣就沒問題了。

咲太才剛這麼想就察覺楓脖子後方的瘀青。掀開睡衣一看，瘀青淺淺地延伸到背部。

「哥……哥哥，趁著楓不能動在做什麼啊？」

「我在稍微脫一下妳的睡衣。」

「不……不可以啦！這種事請對麻衣小姐做！」

「可以的話，我也想。」

「那麼，改天楓幫哥哥拜託喔。」

「別擔心，我會自己說。」

要是讓妹妹講這種話，不知道麻衣會怎麼罵咲太。

「總之，今天乖乖睡吧。」

咲太將剛才掀起的睡衣蓋回去。瘀青的原因不知道是昨天見到琴美，還是對麻衣與和香說出失憶的事。無論如何，看來暫時用心守護楓比較好。

「現在的楓只能睡覺……」

楓可以正確地分析自己。這麼一來，似乎不用太擔心。

「那我去上學了。」

咲太說完便離開了楓的房間。雖然擔心，但咲太努力維持一如往常比較好，免得楓擔心他的變化。

「哥哥，路上小心。」

咲太一如往常，應該也能讓楓比較能夠一如往常。

教室窗外不遠處的七里濱大海看起來和昨天不同。

不知道是因為天氣、氣溫，還是別的原因……像是咲太的心情。

「這裡考試會考喔。」

數學老師在黑板上的微分例題畫上紅圈。明明覺得前幾天剛考完期中考，看來似乎已經來到非得注意期末考的時期了。

班上同學們一副頗為抗拒的反應，依然好好將方程式抄進筆記本。即使有所不滿也要好好接受老師的溫情，這是高中生的處世之道。

數學老師將放在講桌上的手錶戴回手腕上。視線落在錶面時，宣告下課的鈴聲響了。

進入午休時間，教室一下子變得嘈雜。幾個學生迅速衝出教室，到麵包攤買想要的商品。

平常咲太也會鞭策自己去買麵包，但今天認真做筆記，所以稍微遲了一步。

既然允諾要和麻衣念同一所大學，至少要把該念的書念好。

咲太總算寫完筆記時，教室不知為何瞬間鴉雀無聲。

發生什麼事？

如此心想的咲太聽到一個腳步聲緩緩接近。熟悉的腳步聲。從步伐感覺得到從容，卻也傳達出優雅氣息。

這個腳步聲停在咲太身旁。視野蒙上陰影。

咲太闔上筆記本抬頭一看，麻衣就站在桌旁。

她手上提著小紙袋。

留在教室的學生們理所當然般將視線集中在咲太與麻衣身上。家喻戶曉的女星和傳出「送醫事件」之後完全被孤立的不起眼男生成為情侶，班上同學當然會在意，卻沒人明顯展露在態度上，所有人都假裝不在意。在校內要是在意咲太與麻衣這對情侶，旁人會認為「很土」。眾人忠實地遵守不知道由誰定下的潛規則。察言觀色也好辛苦。

在這樣的氣氛中，麻衣和咲太四目相對。

「我做了便當過來。」

她以教室裡聽得到的音量說了。

「……」

咲太非常高興，但他事前沒聽說麻衣要做便當，而且麻衣難得光明正大來到二年級教室，所以咲太有點吃驚。

「走吧。」

麻衣不容分說就走向走廊。既然這樣，咲太除了跟著走別無選擇。

咲太就這麼將筆記本與課本留在桌上，離開教室。

麻衣帶咲太來到校舍三樓的空教室。

咲太與麻衣搬兩張桌子到窗邊，面對大海並肩坐下。海景第一排的吧檯座位，正面是七里濱的大海，往右也看得見江之島。

「來。」

麻衣在兩人中間打開便當盒，裡面是三明治。口味有番茄、萵苣、雞蛋與酪梨等，給人鮮豔又健康的印象。看起來當然好吃。

「我開動了。」

咲太拿起一塊咬下去。

「……」

麻衣也默默將三明治送入口中。剛才過來的途中，她在自動販賣機買了利樂包奶茶，同樣不發一語地喝著。

咲太朝第二塊三明治伸手時，麻衣向他開口。

「我一直覺得很奇怪。」

即使她突然這麼說，咲太也沒嚇一跳，甚至沒反問「什麼事」。畢竟事情發生沒多久，咲太很清楚麻衣為何帶他過來。

麻衣說的是楓的記憶。

「從什麼時候開始覺得奇怪？」

咲太認為只要深入交往，麻衣遲早會察覺。楓缺乏十三年份的記憶，無論如何都會在對話當中透露跡象。

「第一次到你家的時候。」

「這麼早？」

咲太還是嚇了一跳。如果麻衣知道楓失憶之前……「花楓」時代的事情，就可以理解她為何這麼早知道，但麻衣只見過「楓」。

「小楓剛開始不認識我吧？」

麻衣若無其事地說。

「啊～～」

麻衣提出的簡短根據使得咲太發出認同的聲音。

「你說『她很少看電視』來掩飾這件事，所以我一直覺得怪怪的。」

是家喻戶曉的藝人「櫻島麻衣」才說得出這個理由。

這番話非常具備說服力，尤其是咲太或楓這個年代的人，不認識麻衣才稀奇。麻衣是大家一看到就說得出名字的藝人之一。她一直活在這樣的反應當中，會覺得楓的反應不對勁或許也是理所當然。

「此外，還有你和小楓的距離感。」

「……」

「我總覺得和一般兄妹不太一樣。」

「任何事都瞞不了麻衣小姐耶。」

「和香也是，她之前就問過『那兩個人怪怪的吧？』這樣。」

「是嗎？」

「小楓對你講話用敬語所以很好懂，但你跟她講話聽起來有點客氣對吧？」

麻衣像是在討論和香，據實說出自己的感覺。

「哎，說得也是。」

咲太老實地承認麻衣的指摘。他確實會客氣。楓是咲太的妹妹，卻不再是咲太認識的妹妹。即使如此，他還是把楓當成妹妹對待，在這種意識運作的時間點，果然就不像對待「花楓」那麼自然。

「記得是在你國三的時候？你就像是在那個時期突然有了一個小兩歲的妹妹吧？能夠和她自然相處才奇怪。」

麻衣以吸管喝著利樂包奶茶。從她一直看向大海的側臉很難解讀她的情緒。

「那個……麻衣小姐，抱歉瞞著妳。」

「沒關係，這是為了小楓吧？」

「是沒錯啦……」

這不是隨口就能說出口的事情，是過於沉重的事實。任何人知道這個事實之後，面對楓的態度都會改變。畢竟假裝不知道很難，知道事實卻要巧妙應對更難。以實力派聞名的女星麻衣或許連這部分都能用演技克服，不過正因如此，所以咲太不想讓她操心。

最重要的是，咲太希望只認識「楓」的麻衣與和香能只把他這個妹妹當成「楓」來看待。因為「楓」不是「花楓」，而是「楓」……

「看到楓逐漸習慣和麻衣小姐相處，我就莫名說不出口了。看到楓那麼黏妳，我覺得維持這樣就好。」

「我懂。我並沒有生氣。」

咲太往旁邊一看，麻衣雙眼露出「你在擔心什麼？」的笑意。

「能夠和善解人意的麻衣小姐交往，我好幸福。」

安心的咲太朝三明治伸手。下一個目標是雞蛋三明治。

「啊，那是黃芥末。」

咲太抓住三明治時得到這個恐怖的情報。

「咦？」

咲太不明就裡。為什麼做給男友的三明治會包含黃芥末口味？

麻衣面不改色地看著咲太。咲太不經意想收手。

「不吃嗎？」

她笑著問。

「麻衣小姐，妳果然在生氣？」

「沒生氣。」

不過，這雙眼睛逼咲太趕快吃黃芥末三明治。

「不敢吃我做的東西？」

「……」

這種說法好殘酷。不可能不敢吃。

咲太下定決心拿起黃芥末三明治，送到嘴邊。還沒吃就有一股強烈的味道刺激鼻尖。

咲太朝麻衣一瞥。麻衣以可愛的表情看著他。

咲太不得已，下定決心吃下去。

「……嗯？」

以為可能沒問題的瞬間，強烈的刺激穿過喉嚨與鼻腔深處。

「……！」

淚水冒出來了。即使如此，咲太也不能吐掉麻衣做的食物，只能含淚嚥下。

「來。」

麻衣遞出茶水。

「還好嗎？」

而且還關心咲太。明明是將咲太逼入絕境的當事人，溫柔的態度卻絲毫不令人這麼覺得。看來完全被她耍得團團轉了。

以防萬一，咲太看向剩下的三明治。火腿三明治似乎沒問題，但綠色的那個很危險。酪梨三明治。這個口感神奇的綠色食物，該不會用芥末調味吧？

「綠色的不是芥末吧？」

「酪梨的味道和芥末很搭，真神奇耶。」

麻衣理所當然般說了。

「對不起，請原諒我。」

「就說了，我沒生氣，也原諒你了。」

「咦～～」

搞不懂她究竟憑什麼講這種話。

「我只是隱約不太高興。」

「這就是沒原諒我吧？」

「小楓的事，你至今對誰說過？」

咲太想要確認，麻衣卻回以這個問題。

「……」

「比方說，對『翔子小姐』說過嗎？」

咲太明明想三緘其口，麻衣卻直接問第二個問題。無路可逃，退路被封鎖了。

「麻衣小姐，妳在吃醋？」

包著黑褲襪的修長美腿伸向咲太。腳跟踩住他，還使力轉動。意思是不准顧左右而言他。

「那個，我對翔子小姐以及雙葉說過。」

「喔～～我是第三個人啊。」

麻衣不是滋味般低語，拿起酪梨三明治。

應該不是自己想吃吧。

「咲太。」

「什麼事？」

「啊～～」

「麻衣小姐這樣的成熟女性，不在意順序問題吧？」

「咲太，啊～～……」

麻衣無視於話題方向，裝出有點害羞的表情，客氣地將三明治送到咲太嘴邊。即使知道這是演技，不過該怎麼說，超可愛的。

所以不管她餵的是什麼東西，咲太還是會忍不住開口。這是雄性生物的本能。

「啊～～……唔唔！」

麻衣毫不留情地將酪梨三明治塞入咲太口中。即使知道沒用，咲太還是姑且先做好準備面對即將面臨的震撼。

「……」

但是不知為何，那種強烈的刺激沒來襲，只有提味得恰到好處的些許芥末味，也有餘力享受

酪梨的口感。話說，真好吃。

「呃，咦？」

「我不可能拿食物惡作劇吧？」

麻衣傻眼般說了。

那剛才的黃芥末三明治要怎麼解釋？咲太認為指出這件事會拖很久，所以忍著沒說。

「還是先聲明一下，我第一個交往的女生是麻衣小姐，而且麻衣小姐是我心中的第一。」

「我並不在意這種事。」

「我想也是。」

咲太注視遠方的海。人生是什麼？他想思考這種問題。

「淨身儀式就到此為止吧。」

「原來這是淨身儀式啊。」

雖然黃芥末三明治很猛，不過仔細想想，麻衣剛才「啊～」地餵他，感覺以結果來說是賺到了。早知道就應該多多享受剛才的「啊～」——咲太甚至冒出這種後悔的念頭。只要沒有芥末的恐怖，剛才明明就是最棒的一瞬間……真是太可惜了。

「昨天，我和你以及小楓道別之後，和那個孩子聊了一下。」

「和鹿野？」

麻衣微微點頭。

「因為她問我小楓現在的狀況。」

「噢。」

琴美當然會在意，在意昔日好友變得如何……她和麻衣或和香相反，只認識「花楓」。

「我說小楓剛開始非常怕生，卻讓人感覺很拚命，最喜歡哥哥與書……這樣可以嗎？」

「嗯。這不是需要隱瞞的事。」

麻衣也是因為這麼想才會回答琴美的問題吧。

「還有，她把這個交給我。」

麻衣從剛才裝便當盒的紙袋取出一本書。精裝本小說，書名是《王子給的毒蘋果》。

「她說這是向小楓借的書，昨天似乎是想在海邊看，所以帶在身上。」

麻衣視線落在書的封面。

「怎麼辦？如果放我這邊比較好，我就繼續保管。」

「不，沒關係。」

既然這是琴美的回答，咲太就有義務收下。

放棄的勇氣。這也是了不起的決定，有時候放棄比繼續難得多。正因如此，這本書應該放在咲太這邊。

「麻衣小姐，謝謝。」
「謝什麼？」
「謝謝妳在各方面這麼貼心。」
「不用謝啦。只是幫你這種小忙，算不了什麼。」
「……」
「你一臉意外是怎樣？」
「我只是覺得麻衣小姐今天也超可愛而感動。」
咲太吐露真心話，麻衣隨即回應：
「笨蛋。」
她說完笑了。
「這不是理所當然嗎？」
滿意地微笑的麻衣今天果然也是可愛到極點。

3

這天放學後，咲太和麻衣一起走到藤澤站，卻在穿越連通道之後……在ＪＲ驗票閘口前面和麻衣道別。

緋聞事件時舉辦開拍記者會，由「櫻島麻衣」主演的電影似乎已經著手拍攝了。

「啊～～又要見不到麻衣小姐了嗎？」

「暫時會在東京的攝影棚把室內戲拍完，所以我每天都會回家喔。」

麻衣這番話暗示接下來沒空上學。

「嗯？電影不照劇本順序拍嗎？」

「都是拆開來拍喔。有時候就算看起來像是相同城市，實際片場卻在很遠的外縣市。」

東奔西跑太多次是浪費時間。

「有一次甚至是在殺青當天才拍開頭的場景。」

「這樣也能演得天衣無縫啊。」

專業演員好厲害。

「那我走了，有事再聯絡我。」

「沒事我也會打電話給妳。」

「我剛才是在講如果小楓發生什麼事。」

「我知道。」

「我也一樣，沒事也會打電話給你。」
麻衣露出惡作劇的笑容，然後消失在驗票閘口另一側，搭湘南新宿線到東京。
只剩自己一人的咲太無精打采地朝自家前進。途中，他到便利商店挑選布丁當伴手禮，要送給推測還在受肌肉痠痛折磨的楓。買的是打著「美味升級」名號的高級布丁新產品。

「我回來了～～」
咲太一邊脫鞋一邊朝屋內說。
「……」
平常楓應該會出來迎接，但今天毫無反應。大概是肌肉嚴重痠痛無法好好行動。想必是這麼回事。
咲太將布丁放進冰箱，將書包放在餐桌上，只有制服外套當場脫掉掛在椅背上。
咲太回到自己房間前，姑且又朝楓的房間說一聲：
「楓～～我回來了～～」
「喔……喔哇！哥……哥哥，你回來啦！」
似乎挺慌張的，但回應的聲音很有精神。咲太想看看楓以防萬一。
「我開門了。」

他知會之後開門。

「請……請等一下！」

制止的聲音晚一步傳來。事到如今太遲了，門已經完全打開。

咲太一直以為楓在床上動彈不得，但她不在床上，而是站在衣櫃前面。

「……」

並非只是站在那裡。背影怪怪的。

「楓……楓正在換衣服。」

楓客氣地說了。

「看來是這樣。」

正如所見。

下半身穿著深紅色裙子，國中制服裙子。上半身正要穿背心，背心是套頭式，楓的頭還沒露出來，就這麼舉著雙手僵住。不對，略為發抖。似乎是因為肌肉痠痛，想動卻動不了。

咲太不忍心旁觀，將背心往下拉幫她穿好。

「好痛好痛，哥哥，很痛啦。」

楓即使出聲抗議卻似乎挺開心的，像是在忍著難為情的感覺露出笑容。

「那就乖乖躺好啊，妳在做什麼？」

「楓換上制服了。」

「這我一看就知道。」

從哪個方向怎麼看都是國中制服。冬季制服。熊貓睡衣軟趴趴地躺在床上，處於脫殼狀態，也可以說是脫皮。

「剛開始，只要動一下就會全身都痛，超辛苦的。」

「畢竟早上甚至沒辦法起床啊。」

「不過，這種痛愈來愈好玩了。」

「我能理解肌肉痠痛是有點好笑的痛，不過聽妹妹喜孜孜地這麼說，我會擔心妳的將來。」

「昨天難得成功到海邊，楓不希望這麼順的氣勢被肌肉痠痛妨礙。楓今天也想出門。」

楓彷彿在街頭發表政見的政治家般宣布。

「真的？」

「真的。」

剛才連換衣服都笨手笨腳的人是誰？

「還要首度穿制服亮相？」

「還要首度穿制服亮相。」

該怎麼讓她打消念頭？

「我買了布丁喔。」

先以一記刺拳牽制。

「耶～～！」

漂亮上鉤。楓太容易打發，咲太再度擔心她的將來。

「嗚，好痛……」

開心地想舉起雙手的楓微微發抖，而且這股疼痛令她想起重要的事。

「哥……哥哥，請不要轉移話題。」

楓噘嘴表達不滿。

「沒事的。用不著焦急，戶外不會跑掉的。」

「……」

咲太這番話使得楓明顯移開視線。

「真的嗎？」

「嗯。」

「楓沒事嗎？」

楓的視線充滿不安，雙眼深處在晃動，被一股無止盡的不安晃動。

「沒事的。」

咲太輕撫楓的頭。

「可是，昨天在海邊見到的女生，楓不知道。」

用詞有點奇怪。雖然奇怪，但咲太大致明白她的意思。

「……」

「是花楓小姐的朋友吧？」

「對。」

隱瞞也沒用。

「那個女生是鹿野琴美。如果妳想知道，我就說明她是怎樣的女生。」

「楓……」

楓有點消沉地看著下方。

「楓不擅長面對認識花楓的人。」

楓坐在床邊，低頭注視自己的指尖。

「我也不擅長。」

「咦？」

「老實說，很費心。」

「……琴美小姐是好人嗎？」

「這要看妳怎麼想。」

「……楓不擅長面對認識花楓的人。」

楓再度輕聲重複剛才那句話，但語氣有點不同。

「雖然不擅長面對……但要是不認識，楓也會怕。」

楓抬起頭，以下定決心的雙眼注視咲太。

「鹿野是就讀幼稚園之前就認識的朋友，以前住在同一棟公寓的樓上。我與花楓住三樓，她住四樓。」

「……」

「她和花楓從小就經常玩在一起，還不會流利地叫彼此名字的時候就玩在一起了。鹿野稱呼花楓『楓兒』，花楓叫她『小美』。」

即使上了幼稚園，口齒變得比較清晰，這樣的稱呼依然沒變。升上小學後仍然是「楓兒」與「小美」。

「她是來見花楓小姐的吧？」

「昨天好像是巧遇。」

剛才放學路上聽麻衣說琴美表示當時只是去看海。咲太認為琴美沒說謊。說起來，琴美也無從得知咲太與楓昨天在那裡。真的只是巧遇。

楓想外出的情感以及琴美懷抱某種感傷情緒的行動，在昨天的海邊交錯。實際上，琴美當時的表情看來也相當驚訝。

「大概是在一個月前吧，鹿野在因緣際會下得知我就讀哪間學校，來找過我一次。」

「來見哥哥嗎？」

咲太搖頭回應。

「來還之前向花楓借的書。」

「書？」

「現在在我這裡，要看嗎？」

「……」

楓移開視線思索。她像是想起某件事，看著房裡的書櫃。

「楓……可以看嗎？」

「當然。」

咲太走出房間去拿剛才放在餐桌上的書包。

當著楓的面從書包拿出書。咲太感覺自己的手微微緊張。

「來。」

他將書遞給楓。

精裝本小說，書名是《王子給的毒蘋果》。

楓緩緩伸手接下書。她看過封面之後從床邊起身，移動到書櫃前方。

她的視線投向書櫃第二層。同一位作家的著作從最左邊排列過來。第一本是《灰姑娘的星期天》，第二本是《裸體王子與不悅的魔女》，第三本也同樣是「由比濱栞奈」這個作者的著作，總共四本。

擺在最左邊的是出道作品，依照出版順序收齊。

「楓一直覺得奇怪為什麼只缺一本。」

出版時間在《灰姑娘》與《不悅的魔女》中間的，就是楓手上的《毒蘋果》。書櫃有個剛好放得下這本書的空間。

楓要將書插入這個空隙。

這個動作使得某個東西從小說內頁掉出來。

「……這是什麼？」

楓撿起來的是一個西式信封。畫著熊貓的可愛信封。

沒寫收件人或住址。

「可以打開嗎？」

咲太沒理由禁止。

「嗯。」

楓就這麼一臉疑惑，打開沒封死的信封。

裡頭是大約明信片一半大的紙卡。

咲太探頭一看，上面寫著短短一行字。

——我想再一次和楓兒成為朋友

卡片上明顯殘留著反覆以橡皮擦擦過的痕跡。大概是在煩惱該表達什麼事，好不容易寫下想法，卻覺得不對而重來了好幾次吧。

咲太認為這原本是寫給「花楓」的訊息。看起來不像是琴美昨天聽咲太說明記憶障礙的事情之後，在將書交給麻衣保管前準備的東西。

花楓與琴美在國中時被編入不同班。因為兩人一度疏遠，所以琴美使用「再一次」這個詞。包括霸凌的往事在內，應該也有重新來過的意思吧。

然而，收下這個訊息的是「楓」，不是「花楓」……

琴美將書交給麻衣保管時，應該知道這本書會還給「楓」。咲太認為琴美正有這個打算，而且選擇就這樣將這封信藏在書裡。

——我想再一次和楓兒成為朋友

這也是寫給「楓」的訊息。

想再度成為朋友。

琴美即使聽完那段往事也想和「楓」交朋友。她勇敢踏出了這一步。他將書交給麻衣，並不是為了選擇訣別。

這個行動或許來自昔日沒能成為花楓助力的罪惡感，或許是一心想消除這份罪惡感而誕生的善意。咲太認為既然這樣也好，比不求回報的善意更能信任。

「……」

楓以雙手拿著小卡片的邊角不動，目不轉睛地注視短短的訊息。

「朋友……」

終於說出口的是這兩個字。

緊接著，楓的眼睛流下一行淚。只有一邊的眼睛在哭。

「楓？」

楓驟然回神抬起頭。淚水停不下來，無聲無息地不斷奪眶而出。只有左眼在哭泣。

楓想說話的嘴脣在發抖。

「小美……」

頻頻顫抖之後說出這個懷念的名字。

熟悉的聲音。一瞬間，楓看起來是花楓。咲太的心臟激烈敲響慌張的警鐘，發毛的感覺從腳

邊往上爬。
然而，咲太沒有思考這件事的時間。
「楓，剛才是……」
咲太還沒詢問，楓全身就忽然失去力氣。
卡片脫手滑落，剎那之後，楓的身體搖晃，像是突然失魂般倒下。
咲太連忙伸手抱住楓，就這麼一起蹲在地上，好不容易免於摔倒。
「喂，楓？」
「……」
沒有回應。
「楓！」
楓全身癱軟無力。「楓！」咲太不斷朝像是靈魂出竅的楓大喊。

4

警笛聲傳入耳中。

救護車趕路的警笛聲。

即使等待聲音經過也遲遲沒有遠離的徵兆，刺耳的聲音一直纏著咲太。

這是當然的。咲太之所以聽到警笛聲，是因為他在救護車上。

「脈搏正常，呼吸穩定，也沒有外傷。處於昏迷狀態。」

急救員聯絡收治醫院時的聲音中隱含困惑。

昏迷的原因不明，因而產生困惑。

「有什麼老毛病嗎？」

「……」

「請說明你妹妹的狀況。」

咲太承受對方強烈的視線，晚一步才察覺他在問自己。

「我不知道是否有關，也不知道是不是疾病，不過……」

咲太講到這裡停頓下來，是因為心裡掠過一抹不安，擔心對方是否願意理解他的說法。

「請說。」

急救員眼神嚴肅，示意希望盡量獲得情報。

「我妹妹有解離性障礙。」

男急救員瞬間蹙眉。大概是得花一些時間消化這個陌生的專有名詞吧。

「知道了。」

但他依然點頭回應，再度和院方交談。

楓被載到一間大醫院。是之前咲太中暑昏倒時被送進的醫院。

楓被抬下救護車之後，預先等待的醫院人員和急救員以擔架運送。

楓沒有要清醒的徵兆，看起來只像在熟睡。

狀況穩定。

但這樣似乎反而棘手，即使動用大型醫療裝置進行各種檢查，咲太也沒收到明確的結果。

所有人都雙手抱胸歪過腦袋，一副為難的樣子。

全套檢查結束後，楓被分配到一間空的單人病房，在目前只能守護她的咲太面前躺在床上。

呼吸規律，胸口隨之起伏。

在外行人眼中，楓真的只像是在睡覺。

在這段期間，咲太曾經離開病房一趟，以醫院的公用電話聯絡父親。可惜時機不巧，父親正在大阪出差。即使如此，咲太說明狀況之後，他就說要搭新幹線趕回來。

現在他應該在新幹線車上吧。

此外，咲太猶豫之後還是打電話給麻衣了。大概是正在拍戲，電話轉接到語音信箱。咲太告知楓突然昏倒，也說明他們正在哪間醫院。

這大概是兩三個小時之前的事。

秒針走動的聲音使得咲太看向擺在邊桌上的時鐘。現在是晚上十點半多一點。

早就過了熄燈時間，走廊沒傳來任何聲音。醫院特有的寧靜在咲太耳邊呢喃著不安。

「給我暫時閉嘴。」

咲太逕自低語，完全是自言自語。不，這是明確的威嚇，對象是在咲太頭上飄動，孕育不安情緒的某種東西。

不久，清楚傳來一陣敲門聲。

「請進。」

咲太如此回應。

拉門緩緩開啟。

來的人是麻衣，和香也跟在後面。兩人都是匆忙趕來吧，麻衣拍戲的妝還沒卸，和香則是難得沒化妝。

兩人靜靜進入病房，關門時也小心翼翼別發出聲音。

「小楓怎麼樣了？」

麻衣看向床上熟睡的楓。

「還沒清醒。」

「這樣啊……」

麻衣雙手握住楓的手，和香也探出上半身觀察楓的臉。

「對了，咲太，這個。」

麻衣遞出便利商店購物袋，裡面是飯糰跟茶。

「你沒吃吧？」

「謝謝。」

「替換衣物怎麼辦？最好回去拿吧？」

楓現在依然穿著國中制服。

「我跟和香在這裡看著，你回家一趟吧。」

麻衣的眼神在說「你也沒換掉制服」。

「不，那個，可以拜託妳嗎？」

咲太從口袋取出家裡鑰匙。

「我想在楓醒來的時候陪在她身邊。」

「我知道了。」

麻衣簡短回應，從咲太手中接過鑰匙，然後叫和香一起離開病房。

約一小時後，敲門聲再度在病房響起。咲太以為是麻衣回來了，然而不是。

打開的門後是父親與精神科醫生。醫生是偏瘦的男性，看起來和父親年紀差不多，大概四十五歲吧。

父親朝楓的病床一瞥，然後看向咲太。

「方便講幾句話嗎？」

父親沒進病房。即使楓沒醒，他依然貼心地迴避。

「不能在這裡講？」

「……」

沉默代表肯定。

「知道了。」

咲太從圓凳上起身，走到父親與醫生等待的走廊。

伸手關上身後的門。

「你什麼時候到的？」

咲太跟在帶頭走的醫生後面，詢問父親。

「大概三十分鐘前。」

父親看著手錶回答。

「這樣啊。」

「我問楓的病房在哪裡，結果先被帶到醫生那裡。」

看父親的側臉就知道不是什麼愉快的話題。

「這邊請。」

醫生帶兩人來到並排的病房前方的護士站一角。這裡設計成小有規模的診療室。

咲太聽從醫生指示，和父親並肩坐在椅子上。

「接下來告訴兩位的事情幾乎都是推測，請先理解這一點。」

醫生筆直看著咲太的雙眼，首先說出這樣的前提。

「楓的症狀就是這麼回事，我自認大致明白。」

醫生深深點頭回應咲太。

「老實說，在楓小姐恢復意識之前，我不能斷言。」

「是。」

「不過，她恢復意識的時候，預料可能會發生某種『萬一』，希望家屬做好準備。我強調這只是推測就是基於這個原因，請兩位諒解。」

——慎選言詞的醫生講得有點拐彎抹角。

咲太朝旁邊一瞥，發現父親閉著眼睛聆聽。

「記憶障礙的患者像這次的楓小姐一樣陷入昏迷時，記憶可能會在清醒後產生某些變化。」

「意思是……」

關於醫生想表達的意思，咲太想像得到幾種可能性。

「失去的記憶可能會回復？」

咲太直截了當地詢問。

醫生沒點頭也沒搖頭。

「這也是一種可能。」

「還有呢？」

「也無法否定楓小姐可能會失去現在的記憶。」

「……」

咲太沒想到這種可能性。不過事實上，楓失去以往的記憶，說不定會發生第二次。

「當然，楓小姐醒來的時候也很有可能依然是昏迷前的她。」

「哪種可能性最高？」

「抱歉……現階段還不得而知……」

「沒關係……」

「只能說一些讓家屬不安的事情，真的很對不起，但是為了清醒之後的楓小姐，請兩位做好準備，切勿慌張。」

「……」

咲太沒回應。不想回應。

相對的，父親低頭致意。

「知道了。楓就麻煩醫生費心了。」

醫生回禮之後先起身，就這麼從護士站一角離開。

只有咲太與父親留在原地。

「咲太，還好嗎？」

「我知道自己不太好，所以還好。」

「這樣啊。」

「但我不會做準備，也不會做心理建設。」

楓醒來時或許不再是「楓」。要想像這種悲劇做好準備是強人所難。

楓醒來時或許會取回「花楓」的記憶。要想像這份喜悅做好心理建設，怎麼想都是毫無意義的事。

「楓」與「花楓」都是咲太的寶貝妹妹。

要他考慮各種可能性設下防線，他辦不到。

也不可能偏袒任何一方。

到最後，咲太只能照單全收。

楓清醒時，隨著自己的感受高興就好；隨著自己的感受大哭就好。除此之外別無選擇。

「也對。嗯，說得也是。」

咲太身旁的父親又說了一次「說得也是」點了點頭。

第四章

永夜迎來天明

1

漫漫長夜。
關了燈的陰暗病房。
沒拉上窗簾的窗戶射入月光，形成長長的影子。
床腳的影子。
窗簾的影子。
空花瓶的影子。
坐在圓凳上的咲太影子延伸到床上熟睡的楓。
楓的睡臉很安穩，看不出哪裡有毛病。搖晃她的肩膀叫她，她或許會發出「唔～～哥哥，什麼事？」的愛睏聲音。
然而，現在的楓不會清醒。
麻衣與和香回來時，和護士一起幫楓換了衣服，但楓完全沒有清醒的徵兆。她們說楓很安靜，甚至沒發出呻吟聲。

怎麼做都不會清醒的睡美人。

毒蘋果噎到喉嚨，冒失的沉睡公主。

「哎，不過楓不是當公主的料。」

半夜三點的自言自語有點沙啞，大概是因為太久沒說話吧。麻衣與和香在凌晨前離開，父親今晚在咲太家過夜，所以同樣離開了醫院。

咲太從那時候就沒再說話。大約是三小時前。

楓的胸口靜靜起伏，證明她持續在呼吸。

看似隨時會清醒，也像是會永遠沉睡。之所以兩種結果都有可能，大概是因為咲太不知道自己希望是何種結果吧。

人總是以自己的期待來看事物。

依照醫生的說法，楓醒來的時候也可能恢復「花楓」的記憶。

這意味著楓將會回復為「花楓」。人格的骨架是經驗與記憶。這麼一來，叫做「楓」的個體，這兩年和咲太住在一起的「楓」將會如何……？

「……」

咲太希望楓清醒，相對的，想到楓清醒時的狀態，內心就無法保持平靜。無法以純粹的心情等她清醒。

希望共處十三年的妹妹「花楓」回來。這是父母的心願，也是咲太的心願。同時，和「楓」共處累積的歲月，如今是咲太的日常，要說已經成為咲太身心的一部分也不為過。

如果非得二選一，咲太做不到。

無法選擇其中一邊。

基本上，就算做出選擇，現實也不一定會照做。這種想法本身沒有意義。

咲太能做的只有一件事。

不管清醒過來的楓是「楓」還是「花楓」，甚至是另一個人，他都要以哥哥的身分對待她。如此而已。

再怎麼掙扎也只能這麼做。既然只能這麼做，至少要下定決心只把這件事做好。

終於，夜空從東方泛出魚肚白。天明的白光。

三十分鐘後，病房也變得相當明亮。走廊傳來數個匆忙的腳步聲，大概是已經有職員勤快地上工了。

時間即將來到七點。

一般來說，這是楓醒來叫咲太起床的時間。不過咲太不起床，然後她就會抓準機會鑽到咲太床上。這是楓抱著咲太睡回籠覺的時間。

從窗戶射入的晨光照亮楓的臉。

咲太心不在焉地看著陽光靠近。就在這個時候，楓產生了變化……

「唔～～……」

楓發出愛睏的呻吟。

「！」

咲太反射性地往前傾。他想叫聲「楓」，卻發不出聲音。咲太的身體違反想說話的意志，吸了口氣。

「唔……」

楓再度發出模糊的聲音。

「……楓？」

這次咲太自認勉強發出了聲音。

「楓？」

再叫一次。

心跳聲從剛才就很吵，咲太沒自信有好好叫出楓的名字。

就像沙塵暴的雜音在腦中響起，聽起來夾帶著平交道警鈴聲的聲音。

「唔，唔唔……」

楓微微睜開雙眼。
答案是哪一個？還不曉得。
「嗯……」
楓揉著惺忪睡眼。
「手……手臂……」
繼續發出睡昏頭的聲音。
看來肌肉痠痛的問題還在。
「……」
楓一臉茫然，不停眨眼。她坐起上半身，看見坐在床邊圓凳上的咲太。
「哥哥？」
「嗯，沒錯，是我……」
是楓？還是花楓……至少她剛才叫了「哥哥」，看來沒有喪失所有記憶。
「呃，咦……？」
楓轉頭環視病房，大概終於發現某些地方不對勁了吧。
「糟……糟了，楓的房間清理得乾乾淨淨！不對，不是這樣！這……這裡是哪裡？記得楓原本……在換制服，哥哥在這時候回家，然後……啊！變成睡衣了！」

楓身上是穿慣的熊貓睡衣。她將兜帽戴上。
「妳在房間昏倒，救護車送妳來醫院喔。」
看見面前楓的反應，咲太鬆了口氣。
「是哥哥幫楓換衣服的嗎？」
楓緊抓睡衣衣領，揚起視線這麼問。
「放心，不是我。我請護士姊姊、麻衣小姐跟豐濱換的。」
「這時候由哥哥換也可以。」
楓似乎說了些什麼，但咲太決定別去在意。
妹妹都國三了，高中生哥哥不會幫她換衣服。
不過，剛才那句話很像「楓」會說的話。
「妳是楓……吧？」
即使抱持確信也不得不這麼問。
「楓是楓喔。」
楓歪著頭回答。
「這樣啊，太好了。」
看來，至少避開了「楓」的記憶消失無蹤的事態。要是第三個人格登場，咲太終究無法放下內心的大石頭。

「楓哪裡生病了嗎？」

「我認為不是生病啦……」

這部分很難說明。別說是咲太，即使是研讀艱深學問考到醫師執照的醫生，也不知道正確的詳情。

「現在會噁心或頭昏嗎？」

「……」

楓就這麼默默伸直手臂往上看，還轉了轉頭。

「沒事。」

「有沒有回想起什麼事？」

「……不，沒有。」

「這樣啊。總之，我請醫生幫妳看看。」

咲太按下枕邊的護士鈴。

楓提高戒心依偎過來。

「哥哥……」

「嗯？」

「這麼說來，楓作了一個夢。」

「夢？」

「小小的楓，在練習騎腳踏車。」

「……」

「小小的哥哥……還有爸爸也陪著楓。」

「這樣啊。」

大概是楓才四五歲的時候吧。楓還是「花楓」時的記憶。不知道楓為何會夢見這段往事。

「在學會怎麼騎之前，爸爸一直在後面扶著。」

其實父親中途就放手了，但楓不知情。

「楓，這件事妳敢告訴醫生嗎？」

楓緊揪咲太的衣袖。

仰望的雙眼尋求著某個東西。

「我當然也會在妳身邊。」

「楓應該敢說。」

表情看來有點緊張。是「楓」極度怕生的表情。

此時，有人敲門。

「請進。」

咲太出聲回應。

「梓川先生，怎麼了？」

一位不到三十歲的護士探頭進來。是幫楓換衣服的人。

這位護士看向床上，察覺到楓醒著。

「我去叫醫生過來。」

她說完便關上房門。

後來楓花了一整天的時間接受機械檢查以及各專業領域醫生的診察。花最多時間的是腦神經內科的診療以及精神科的診察。

尤其在精神科，醫生仔細詢問，確認楓昏迷前與清醒後的記憶是否產生變化，大致是閒話家常。醫生大概問了將近一小時，感覺像是依照標準程序進行。

楓剛開始果然躲在咲太身後，不過在進入尾聲的階段，她已經敢看著醫生說話了。

即使如此，楓其他時間幾乎都黏著咲太，所以咲太當然沒上學。無故缺席也會很麻煩，因此父親幫忙聯絡校方。

父親早上得知楓醒來之後來了醫院一趟。但他沒見楓，只聽完當下的診察結果就前去工作。

咲太認為他應該是不希望對楓造成多餘的壓力。明明站在父親的立場，肯定想看看楓……

咲太聯絡父親之後也打電話給麻衣，跟她說楓已經清醒過來。

「是『小楓』吧？」

麻衣之所以這樣確認，是因為咲太昨晚就跟她說了狀況。既然麻衣和「楓」有交集，咲太判斷最好預先告知以防萬一。

要進行下一個診察時都得等一段時間，所以咲太趁著午休時段也打電話給好友國見佑真。

咲太想起今天要打工。

『咲太？』

電話一接通，佑真就這麼問了。

「國見，你有超能力？」

『只有你會用公共電話打給我。』

佑真一笑置之。

『而且我聽說你今天請假。』

「聽誰說？」

『當然是上里。』

「為什麼你的女友知道我請假？」

『因為她跟你同班啊。』

佑真哈哈大笑。

「一般來說哪會在意這種小事？」

『因為你很顯眼，所以想不在意也難吧？』

說到顯眼，上里沙希才顯眼。她是班上的中心人物，女生的領袖。很難想像低調度日的咲太比她顯眼。應該說不願想像。

『所以，有什麼事？』

「今天的打工，麻煩幫我代班。」

『你感冒了？不過聲音聽起來很健康啊。』

「楓出了一些狀況，現在還在醫院。」

『啊～～原來是她的問題。知道了，改天請我吃午餐啊。』

「橢圓餐包就好嗎？」

『那是最後賣剩的麵包吧？』

穩坐銷售最後一名寶座的麵包。不過有時候多虧賣剩，午餐才有著落，所以不能小看它。

「那麼，不好意思，拜託了。感謝幫忙。」

『嗯。』

電話掛斷了。人生在世，果然需要這種有難時願意接受請求的出色朋友。真的幫了大忙。

「請他吃兩個餐包吧。」

繞醫院一圈的診察之旅結束，咲太與楓回到單人病房時已經是太陽即將西下的黃昏。

「唉……」

楓坐在床上嘆氣，咲太也跟著「呼……」地將疲憊化為聲音。

雖說只是陪同，但疲勞也會點滴累積。

楓在大醫院被許多陌生大人圍繞，隨時發揮怕生個性，因此咲太無法離開楓。楓在診察時也像無尾熊一樣抓著咲太。

楓唯一主動積極遠離咲太是在量體重的時候。

「哥哥不可以看喔。」

「楓就算破五十公斤，我也不會在意。」

「妹……妹妹不到五十公斤啦！不可以超過！」

「不對，以妳的身高來看應該超過吧？」

咲太不經意看向護士，結果得到一張不確定是肯定或否定的表情。女生大概都會站在女生那邊吧。

「妹妹的體重是三顆西瓜重。」

「聽起來挺重的。」

到最後，咲太沒能得知楓的體重。不過他沒什麼興趣，所以也沒差……

包含這樣的體檢，楓接受各種檢查或診察，不過最終結果是「無異常」。

真要舉出問題點，頂多就是肌肉還有點痠痛。

總而言之，楓的身體很健康。

只是反過來說，也表示查不出楓昏倒的明確理由。

「今天觀察狀況，明天應該可以出院。」

即使聽醫生這麼說也無法老實地放下心。

實際上，醫生接下來說了重要的事。

「檢查之後，在楓小姐的身體完全找不到異狀。不過解離性障礙的症狀很多部分無法透過檢查掌握，因此家屬今後也需要細心守護。這次的昏迷，應該可以認定是『花楓』記憶即將回復的徵兆，而且要是回復記憶，可能會輪到失憶期間的記憶喪失。請家屬冷靜面對……」

醫生這麼說了。

不安的種子確實植入咲太內心。

不，其實種子兩年前就一直藏在心裡。即使搬到藤澤市和楓過著兩人生活，咲太也知道這一

瞬間或許「總有一天」會來臨。

只不過，風平浪靜的日子持續太久，咲太開始認為說不定會永遠維持現狀。這樣的意識自然在內心運作。

明明毫無根據卻安心地處於這段平穩的時光。

然而光陰繼續流逝，讓咲太想起現實。種植在內心的種子在這個時期從土壤深處萌芽。

而且，每天勤快地照料，期待種子發芽的或許不是別人，而是咲太自己。

「對於現在生活環境的安心感，應該緩和了楓小姐的解離性障礙症狀，所以盡量維持一直以來的生活。」

醫生還這麼說了。

怎樣是對的？怎樣是錯的？

標準答案肯定不在這裡。

現在位於這裡的是「楓」。這是唯一的現實。

至於楓本人則是充滿活力，健康程度無話可說。

出院當天，咲太放學後前去接楓，楓則是引頸期盼咲太的到來。

各種手續交給請半天假的父親，咲太先帶著楓離開醫院。

剛開始是搭乘醫院叫的計程車。不過楓說「想透透氣」，所以咲太請司機停在住家附近的公園前面。

夕陽照亮車站通往家門的道路。

兩人先走到前方的公園，讓楓坐在長椅上。

周圍樹木染成秋色的樹葉飄落，大半變成冬季的樣貌。

「爸爸來過了嗎？」

楓輕聲說。

「嗯？」

「來醫院。」

放在大腿上的手指反覆交握，感覺靜不下心。

「嗯，來過。」

「……」

「爸爸很擔心妳。」

「……」

楓只注視著自己的指尖，不發一語。她不知道怎樣反應才是正確答案，因為「花楓」掠過了腦海……

「楓，我問妳。」

「好的。」

「妳現在最想做什麼事？」

「……」

抬起頭的楓愣住了。咲太像是要逃開她的視線般仰望天空。東方天空已經迎接黑夜來臨，變成深藍色；西方是棗紅色，中間以兩種顏色的漸層美麗點綴，不知道叫作什麼顏色。

「算是慶祝妳出院。」

「楓想吃布丁！」

「可以許大一點的願望喔。」

「楓想吃大一點的布丁。」

「總之，我會買給妳吃……除此之外，比方說想去看熊貓之類的，類似這種感覺。」

「類似這種感覺嗎？」

楓稍微噘起嘴，面有難色地思索。等待約十秒也沒有回應。相對的，公園外傳來說話聲。

楓肩膀微微一顫，靠在咲太身旁想要躲起來，同時看向公園前面的道路。

是三個身穿國中制服的女學生。從制服來看，是楓本應就讀的學校。

三人拿著包子，一邊走一邊吃。

「那個，我要吃一口。」

「那麼，交換吧。」

「唔哇，吃太多了啦！」

「咦～～不是一口嗎？」

「真的肥死妳吧。」

「好過分！」

三人說著露出開心的笑容，從公園前面經過。很快就看不到她們的身影，也聽不到她們的說話聲了。

不久，楓離開咲太。

「熊貓是第二志願。」

然後她輕聲說了。

表情帶著認真的神色。

「第一呢？」

「第一志願是上學。」

楓說完的瞬間，咲太對她的回答感到意外。

不過，咲太看到楓真摯的雙眼，立刻察覺自己誤會了。對楓來說，上學確實是最重要、最困

難又最想做的事。他晚一步才理解到這一點。

對咲太來說，上學是稀鬆平常的事，所以學校不是什麼了不起的地方。上課很無聊，定期來臨的考試很麻煩，察言觀色和朋友打交道也很累。

不過，這也是令人覺得「這樣就好」的日常。上課沒有無聊到無法忍受，考試也只要忍耐幾天就結束。和為數不多的朋友打交道，也有一些讓人覺得不錯的瞬間，還算是快樂的時光。

上學就是這麼回事，偶爾和朋友在放學後買東西吃，楓想要這種看似平凡無奇的日子。平凡就好。對於無法過得平凡的楓來說，平凡度日可以消除她的不安。

「我知道了。」

「哥哥？」

「妳就努力讓自己敢上學吧。」

楓彷彿在細細品味咲太這句話，緩緩吸了口氣。

「好！楓會努力！」

然後，她帶著笑容如此宣布。

2

楓出院當天夜晚。在楓就寢的深夜，咲太打電話給父親。

——楓想上學。

楓以認真的表情這麼說了。為了實現她的心願，這通電話是第一步。

長期拒絕上學的狀況很難改變，楓的心態與準備也很重要，但還需要請校方協助。必須讓她們理解楓罹患解離性障礙，不然一切都無法開始。

『怎麼了？』

父親一接電話就詢問用意。

「楓說她想上學。」

『這樣啊。』

「我想實現她的願望。」

如果不是透過電話，大概無法像這樣率直說出想法吧。

咲太知道父親在電話另一頭思索了一下。

『知道了。』

即使如此，他還是在咲太繼續說下去之前如此回應。

『我明天聯絡國中那邊，說明內情。』

父親以緩慢但清楚的語氣說。
「嗯。」
『畢竟也需要和校方討論吧。』
「我也這麼想。」
這種程序請大人做比較好。要是突然由高中生咲太出面，事情會變複雜。必須好好說明為什麼是高中生咲太出面，而且大概就算說明也無法得到對方理解，沒必要在這種地方白費力氣。
『咲太。』
「嗯？」
『有按時吃飯嗎？』
父親這個問題聽來唐突。
不過，咲太沒有嚇一跳。
「有。」
他正常回應。
咲太認為父親其實想講別的事。楓的記憶接下來會變得如何，完全不得而知。醫生說楓或許會回復記憶，昏迷或許是徵兆。
這意味著她將回復為「花楓」。

所以父親在擔心咲太。咲太和「楓」一起生活了將近兩年，要是發生什麼狀況，內心會產生失落感，這是一種煎熬。失去「花楓」時所經歷撕裂內心般的劇痛或許在今後等待著咲太。

『這樣啊，有好好吃飯嗎？』

所以父親這麼問。因為他知道說什麼都無法改變什麼……所以改問這種像是風馬牛不相及的問題。

「有好好吃飯。」

咲太感受到父親的想法，再度回答。

『這樣啊。』

「嗯。」

咲太含糊地附和。有時候這樣就夠了。

『此外，有件事不急，你等這次風波平息再處理……』

「什麼事？」

『……』

停頓片刻。聽得到有點猶豫的呼氣聲。

『介紹你正在交往的女友給我認識。』

咲太還在思考原因，父親就一口氣這麼說了。

「啊～～」

咲太不知道該如何反應，就這麼將為難化為聲音。不，這麼做或許正確。事到如今再怎麼努力也無從隱瞞。

楓昏迷不醒的時候，趕到醫院的父親和去拿替換衣物的麻衣打過照面一次。當時楓還沒清醒，所以只有簡單問候。

就咲太看來，總是給人沉穩感覺的父親在那時候將驚慌顯露在臉上。他面前是堪稱家喻戶曉的女星，所以會這樣也在所難免。而且對父親這個世代來說，麻衣是他們從童星時代看到大的藝人。父親也知道麻衣之前的緋聞，得知緋聞對象是自己的兒子，當然會嚇一跳。

「那個，等風波平息吧。」

關於麻衣的事，咲太含糊地打馬虎眼。雖然這麼說，但他覺得迴避不了多久。兩人打過一次照面，麻衣也隨口提過想要找機會好好打招呼。從童星時代就待在演藝圈的麻衣熟知這種規矩與禮儀。

咲太個人非常想迴避這個事件。介紹女友給父母認識比光著屁股給人看還要難為情。

然而實際上，咲太已經無路可逃，只能做好覺悟。即使能委婉地使用拖延戰術，麻衣大概也不會原諒吧。

『記得別失禮啊。』

這句話應該是提醒咲太別對麻衣失禮。

繼續講這個話題對心理衛生不太好。咲太再度拜託父親處理楓的事情之後就掛斷電話。

咲太放下話筒，察覺自己在冒冷汗。

「哎，被發現就沒辦法了嗎……」

做人最重要的就是放棄。只要放棄，大部分的事情就是船到橋頭自然直。

3

隔天，十一月二十日星期四。早上出門上學的咲太在公寓前面巧遇拉著行李箱的麻衣。

咲太知道她今天起要到金澤拍電影。大行李箱大概裝滿拍片期間的替換衣物吧。裝滿夢想的行囊。

麻衣身旁是穿著千金學校制服的和香，她正在幫忙讓行李箱滑輪下階梯。這是一幅和睦姊妹的光景。

來迎接的車停在公寓旁邊的路上。白色廂型車。從駕駛座下車的是身穿套裝的女經紀人，記得名字叫花輪涼子，年齡大約二十五歲，以前的綽號似乎是「荷士登」。

關車門的動作缺乏穩重。進一步來說，她下車時的腳步就很匆忙，年紀比她小的麻衣看來穩重得多。

「涼子小姐，早安。」

「早安。行李我來拿吧。」

「啊，好的，麻煩妳了。」

涼子接過行李箱，打開後座的側滑式車門放進去。

麻衣在這時候看見咲太，靠近過來。

「記得預定拍兩週？」

咲太先開口。

「你見不到我應該會寂寞，但我每天晚上都會打電話給你。」

「那麼，我每天晚上都在電話前面待命。」

「用不著這樣，給我認真念書。」

「我太期待麻衣小姐打電話來，沒辦法專心念書啦。」

咲太理直氣壯地說。

「不准拿我當偷懶的理由。」

麻衣輕戳咲太腦袋。

「既然要道別，我想要一個『我出門了』的親親。」

「和香跟涼子小姐在看，哪可能做這種事？」

放好行李箱的涼子從剛才就不時在意咲太與麻衣的樣子。往右三步、往左三步，好像在觀賞動物。總之只明顯感覺到她在擔心兩人。

「上次的緋聞害得涼子小姐很辛苦，所以得暫時謹言慎行。她說壓力害她胖了三公斤。」

「一般來說，操心的時候都會變瘦吧？」

所謂「食不下嚥」。

「她說要用甜點治癒疲憊的心，所以也沒辦法吧。」

麻衣不經意觀察涼子。她還在來回踱步。

「再胖個三公斤也沒關係吧。」

她原本就是修長體型，所以看起來完全沒變胖。和藝人麻衣或和香相比，整體看起來當然比較有肉，不過換句話說就是正常身材。

「等我拍完回來，再給你一個『我回來了』的親親。」

麻衣揚起視線，以只有咲太聽得到的音量說了。聽她這麼一說，咲太好想現在就親。

「再見。」

麻衣彷彿看透了咲太的心情，露出惡作劇的笑容，只點燃咲太內心的火就轉身面向涼子在等

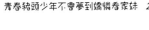

待的車子。

「啊，麻衣小姐，等一下。」

「什麼事？」

麻衣一臉疑惑地轉過來。

「那個，風波平息之後，請讓我帶妳見爸媽。」

「知道了。」

麻衣愉快地微笑。

「然後……」

「還有？」

麻衣做出意外的反應。

「妳今天也是可愛無比。」

「……」

麻衣愣了一下。她隨即想開口講話，最後還是打消念頭閉嘴，只是不發一語地甜美一笑。看她的表情似乎很開心。她微微揮手，這次真的小跑步離開，上車關門。

接著，涼子坐進駕駛座發動引擎，車子立刻起步，透過車窗揮手的麻衣沒幾秒就消失了身影。咲太目送車尾燈左轉之後，和不經意接近過來的和香一起走向車站。

「……」

「……」

咲太與和香起先沒交談。只不過，感覺和香從剛才就不時看咲太，似乎在尋找搭話時機。

大概因為和香本性老實，咲太很快就知道她有所隱瞞。

「怎麼了，想上廁所？」

「啊？誰想上啊？」

「不然是什麼事？」

「這是怎樣？什麼意思？」

「妳一臉有話想對我說的樣子。」

「……」

和香瞬間猶豫了。

「妳要是賣關子，我今天一整天都會沒辦法專心上課，就說吧。」

「你明明沒在聽課。」

「不過啊，我最近挺認真聽課喔。」

因為咲太得和麻衣考上同一所大學。

「那我就問了……你為什麼可以一臉若無其事的樣子？」

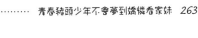

「啊？」

「你不怕？」

和香明顯沒講完整，但咲太知道她在說什麼。其實從她提這件事之前就知道了。

是關於楓的事。

現在她想問的肯定是這件事，想不到其他的選項。

剛開始，咲太想要隨便打馬虎眼。只要別看和香直視的雙眼，應該可以隨便敷衍過去吧。如果她眼中隱藏的是單純的疑問，咲太或許會這麼做。

兩人四目相對，和香是以有點寂寞的眼神看著咲太，看起來也像是在為難。和香在擔心咲太，露出了難以啟齒的表情。這份擔心以疑問的形式吐露出來，如此而已。

這麼一來，咲太也就不能裝傻了。

「這還用說嗎？當然怕。」

「……」

「現在也快尿出來了。」

「我是問正經的。」

「不過，哥哥得在妹妹面前好好控制住吧？包括大號跟小號，還有喪氣話。」

紅燈擋住去路。

「如果有我做得到的事，我當然會想辦法去做。」

「……」

「但我什麼都做不了。」

咲太單方面平淡地說了。

如果有方法能同時讓「楓」與「花楓」幸福，咲太早就試了。如果有方法不讓楓周遭的人們迷惘，咲太將不惜付出任何努力。不，咲太甚至不會覺得這是努力吧。他自然會這麼做，就像呼吸一般自然去做。這是理所當然的。

然而，這種夢幻般的解決之道不存在。

不是殘酷之類的問題，兩者理所當然般無法並存。

「……對不起。」

和香輕聲說了。

「嗯？」

「啊～～真是的～～我是笨蛋！」

和香甩亂頭髮並蹲下。

「不要突然情緒不穩，不然連我都會被投以異樣的眼光耶。」

在旁人眼中，和香只是一個突然大喊然後蹲下的花俏金髮女高中生。可以理解不遠處穿西裝

的上班族遠離一步的心情。

綠燈亮起，這名上班族快步離開。

咲太也跟著踏出腳步。

「啊，等一下。」

和香慌張地追過來。

「你明明是因為什麼都做不了才沒有對姊姊說些什麼，我卻……對不起。」

和香再度道歉。

側臉是消沉的表情。

「我說豐濱，如果妳當偶像就這樣沒能走紅，妳會怎麼樣？」

「這是什麼問題？太突然了吧？」

和香蹙眉說了。

「會認為早知道就別當偶像，或是浪費時間與勞力嗎？會想當成沒發生過這件事嗎？」

咲太沒自覺講這種話是在尋求什麼答案，只是單純想問這個問題。

「怎麼可能。」

和香斷然回答。感受得到她堅定的信念。

「為什麼會這麼想？」

「透過偶像活動，我得以認識各種人、經歷各種事，第一次得知某些心情，也第一次遇見某些情感……我當然不認為這都是美好的回憶，也很難這麼認為……就算這樣，我依然覺得在這裡的事物造就現在的我。這就是原因吧？」

大概是認真回答這種問題很令人難為情，她只在最後改成半開玩笑的語氣。

「我當然想過『早知道當時就該那麼做』或是『應該能做得更好』，像這樣後悔過吧。」

和香稍微像辯解般說下去。這也是在掩飾害羞的心情吧。

「這樣啊，那太好了。」

「啊？哪裡好？」

「敢說『我盡力了所以無怨無悔』這種話的樂觀怪物，我無法和這種人交朋友。」

咲太認為如果是重要的事物，再怎麼做都會留下懊悔。如果是不能退讓的事物……要是沒能順心如意，必定會留下懊悔。

重點在於如何面對這些情感，如何妥協。和香剛才隨口說出類似解答的感想。

「哎，不過，應該就是這麼回事吧。」

「你自顧自的在認同什麼啊？」

「明明遲早會死掉卻努力活下去，是因為大家都知道人生不是在享受結果，而是享受過程吧。這就是我的結論。」

「我們根本沒在討論這種事，而且我可沒用這麼豁然的想法過生活。」
和香一副由衷覺得傻眼的眼神。
「要是不這麼認為，我現在根本撐不下去。」
「……」
和香在一旁目不轉睛地注視咲太的臉。
「怎麼了？」
「你剛才那句話很像真心話。」
不知為何，和香似乎很開心。
「不過，原來如此……那麼，我維持現在這樣就好嗎？」
「如果妳做得到這一點，麻煩在楓面前維持平常的樣子。」
「我不敢說我做得到，但我會努力。」
和花俏外表相反，其實本性正經的和香說出很像她會說的這句回應。

4

週末的星期六。

咲太在跟楓吃完午餐之後獨自出門，走在陌生的通學路。這是當然的。雖然是通學路，但咲太走的是楓上國中要走的路。

咲太從橫濱市的國中畢業之後搬到這座城鎮，不熟悉這條通學路。他沒走過這條路，當然沒有懷念的感覺，看起來只像是隨處可見的道路。不過走在路上的心情有點新奇。

出門約十分鐘。

高高環繞操場的綠色鐵網映入眼簾。繼續前進不久，校舍的白色建築物也進入視野範圍。

這所國中是咲太的目的地。

校門前面有個熟悉的背影。身穿西裝，遠眺在操場上努力練球的棒球社。是咲太的父親。

「久等了。」

咲太從後方搭話。

「嗯。」

父親只簡短回應。或許是從腳步聲察覺到咲太接近了。

咲太為什麼和父親約在這種地方見面？

答案很簡單。

父親聯絡校方，促成今天的會面。

校方應對的速度意外地快，演變成「那就進行監護人面談吧」的結果。然後，考量到父親工作方便的時間，決定在第一個星期六……也就是十一月二十二日的今天面談。

咲太前來是為了一起出席。

「走吧。」

父親毫不猶豫地穿過開啟的校門，咲太也跟了上去。內心殘留些許發癢的感覺。進入不是自己就讀的學校令他有點緊張，神奇地覺得像是在做無傷大雅的壞事，挺有趣的。

父親向校舍門口旁邊的事務室打招呼。裡面的人似乎知情，隨即有一位年約四十五歲的女老師前來迎接。

「我是三年一班的班導。」

她行禮告知。總歸來說，她就是楓所屬班級的導師。新學年開始的時候姑且打過招呼，但是過了這麼久，長相完全記不得了。

「那麼，這邊請。」

老師帶咲太與父親來到教職員室與校長室之間的會客室，牆邊擺滿獎盃與獎狀。

兩人接受招呼坐在沙發上。

「幾乎都是運動社團得的獎。」

坐在正前方的副校長說了。班導也坐在旁邊，還有一人在沙發旁邊多擺了一張折疊椅列席。

咲太認識這位年約三十五歲的女性，是校內的輔導老師。

名字是友部美和子。

到現在她依然大約每個月來看楓一次，楓叫她「美和子老師」，咲太叫她「友部小姐」。

人都到齊之後，首先由父親再度說明楓的現狀。從之前就讀的國中，直到罹患解離性障礙的這段日子，以及現在想來上學的意願……

關於解離性障礙造成的失憶，還是看得出三人感到為難，不知道該做什麼反應。不過既然今天要面談，他們應該討論過該如何應對。

「本校當然想全力支持楓小姐上學。」

剃了灑脫的光頭的副校長首先對咲太與父親如此說了。

「因此，我們打算一邊和駐校輔導老師友部老師討論今後的事，一邊循序漸進。」

視線移向美和子身上，她簡單點頭致意。

「我認為剛開始慢慢來就好。比方說，先試著稍微走一段通學路，沒問題的話再逐漸增加行走距離，試著走到學校附近。暫時先將終點訂為校門，讓心情慢慢習慣，直到不再抗拒『上學』。要是『非得上學』的想法太強，這份想法可能會逐漸將內心逼入絕境。」

「好的。」

父親以平靜的聲音表示同意。

「如果她走到學校前面也沒問題，應該可以先讓她到保健室上學，我目前認為可以從這裡開始。她最近似乎敢出門了，不過就我所知，她對同年紀孩子的視線還很敏感。」

美和子瞥向咲太，咲太默默點頭回應。

「在學校環境也以保健室為起點，重點在於讓她逐漸適應。現階段把教室當成後續的目標應該比較好。」

「方便問一下嗎？」

說明告一段落時，咲太微微舉手。

「好的，請說。」

「待在保健室，會不會反而引人注目？」

樹木要藏在森林裡……雖然不是這個意思，不過只有一個人待在不同的地方絕對比較顯眼。例如全校學生都在操場，卻只有一個人在教室，反過來的例子也成立，也有學生不願意只有自己一個人在上體育課的時候旁觀。

「說得也是。也有很多學生比較不願意接受這種做法，所以我們先直接和楓小姐談過再決定怎麼做吧。」

美和子委婉接受咲太的指摘，感覺她早就預料到咲太會這麼問。或許在之前的類似案例，每次都會被問到相同的問題吧。

「可以的話，我想等一下就到府上拜訪，和楓小姐做個面談。請問方便嗎？」

美和子來回看著咲太與父親。

雖然態度柔和，說到該怎麼做的時候卻莫名果斷。

「……」

父親默默看向咲太。

他委由咲太做判斷。這麼做並不是不負責任，咲太是最瞭解楓的人，也是楓最依賴的人。正因為知道這一點，父親才交給咲太全權決定。

「我可以打電話給當事人確認嗎？」

「好的，我認為這樣比較好。」

父親從口袋取出手機。不是智慧型，而是傳統手機，樸素的白色折疊機。

咲太接過手機，一邊從通訊錄尋找家裡號碼一邊起身。

「我打個電話。」

咲太告知之後，聽著鈴聲前往走廊。

鈴響幾聲之後，進入語音信箱。

「楓，是我。在的話接一下。」

傳來接通的聲音。

『喂，哥哥嗎？是楓。』

「等等可以帶客人回家嗎？」

『客人？』

「駐校的輔導老師。」

『……美和子老師嗎？』

「對。」

咲太大致明白楓為何會在一瞬間語塞。楓雖然之前見過美和子好幾次，卻有點怕她。恐怕是第一印象很差吧。可能也是因為咲太說明的方式錯誤。咲太對楓介紹美和子是「駐校的輔導老師」，楓以為是「要帶她去學校的人」。簡單來說，楓把美和子當成了可怕的人。

如今這個誤會已經解除，不過初次見面的印象依然造成影響。

『請……請問老師有什麼事？』

證據就是她問了這個莫名客氣的問題。

「為了讓妳去上學，要開一場作戰會議。」

『既……既然是這樣，那就沒問題。』

「可以吧？」

『可……可以。』

聲音雖然緊張，卻沒在勉強自己。

「知道了。那我們等一下就回去。」

『期……期待光臨。』

咲太等楓掛掉電話之後闔上手機。

5

咲太與美和子在下午三點多離開學校。

父親和晚一步前來的校長打招呼問候，所以還留在學校。

「老師週六也要上班啊。」

咲太一邊走一邊提出單純的疑問。

「因為非假日必須照顧學生，所以要趁這天整理上課內容。如果是三年級的班導，還要思考每個學生的生涯規劃，所以他們好像很辛苦喔。」

「妳講得像是置身事外耶。」

「因為我和學校老師的立場不同，並不是固定待在同一所國中。我記得之前就說明過。」

美和子目不轉睛地注視咲太，以眼神責怪他忘了這件事。

「沒有啦，友部小姐讓我覺得像是保健老師，所以就搞混了。」

這麼說來，咲太記得聽她說過這件事。剛開始，咲太甚至不知道「駐校輔導」的意思。美和子擁有臨床心理師執照，所以教育委員會認可她的駐校輔導資格。之前她確實提過。

「原本應該和保健老師一樣固定聘用，但因為人手不足以及預算問題，很難實現。」

「感覺是大人世界的難言之隱耶。」

咲太說出半挖苦的感想。不過這句話沒有特別的意思。

「哥哥這種扭曲的個性，讓我覺得你也需要輔導耶。」

這也是美和子幾乎每次都會說的話，所以咲太也不太擅長面對她。

「到了。」

咲太裝作沒聽到，仰望眼前的公寓。

「這種左耳進右耳出的方式也是。」

「……」

打開電子鎖大門，搭乘下樓迎接的電梯。按下按鍵，電梯無聲無息地送兩人上樓。

咲太打開家門。

「我回來了。」

「哥……哥哥，你回來啦。」

說話的楓位於遠處。她躲在從玄關筆直沿著走廊深入……的客廳門後，只探頭看向這裡。

「打擾了。楓小姐，妳好。」

美和子以柔和的語氣打招呼。

「妳……妳好。」

楓以緊張的聲音回應。

雖然最近敢出門了，但她似乎還是不擅長面對美和子。

咲太邀美和子進客廳，楓就先退到室內角落……接著躲在咲太背後。

不過，從她出面迎接美和子就看得出她明確的變化。她至今大多穿著睡衣面對美和子，今天卻換上國中制服。從楓臥室半開的門縫看得到只剩空殼的睡衣。

看來是接到電話之後趕緊換上的。襪子只穿一隻，大概是時間不夠吧。

「制服很適合妳喔。」

美和子露出甜美的微笑。當然不是對咲太，是對楓。

楓從咲太身後稍微探頭。

「謝……謝謝。」

雖然音量很小，但美和子似乎也清楚聽見了。

「好的。那麼，開始進行作戰會議吧。」

美和子提議之後接受咲太邀請，淺淺坐在飯廳的椅子上，再度對楓詳細說明剛才在學校對咲太與父親說的事。

慢慢習慣就好。

剛開始光是走一小段通學路也好。

走得到校門就夠了。

之後再決定要不要先到保健室上課。

楓認真聆聽美和子的說明。

「那……那個……」

全部說完之後，楓率先開口。

「是，什麼事？」

「可……可以發問嗎？」

楓在咲太後方舉手。

「好的，楓小姐，請說。」

「不去教室也沒關係嗎？」

「楓小姐想去教室？」

「楓不要與眾不同。」

這句回應和之前聽到的內容不太一樣，不過從本質來說是正確的回答。這場會議是要聽楓親口確認自己敢做什麼事、難以做什麼事。

「楓小姐想和大家在一起？」

「大家看著楓……楓會害怕。」

「哪種比較做得到？」

「……」

楓沉默地思索。

「楓……」

她緩緩開口。

「楓還是害怕大家看。」

「待在保健室的話，和大家的距離就不會太近，要不要先從這裡試試看？」

「請……請問……」

楓再度舉手。

「請說。」

「就……就算待在保健室，也算是上學嗎？」

楓的聲音似乎在緊張。這和她對美和子感到緊張不太一樣，隱約給人拚命的印象。

「嗯，那當然。」

美和子有力地肯定。

「可……可是，這樣跟大家不一樣啊。」

「說得也是。不過大家雖然看起來一樣，其實各有不同喔。」

「……不同？」

楓歪過腦袋。咲太也一起被往右拉。

「比方說，有人個子高，也有人個子矮吧？有人擅長跑步，也有人不擅長。同樣的，對於學校這樣的環境，有人很快就習慣，也有人遲遲無法卸下心防。」

「……」

「我不會要求個子矮的孩子長高，他們聽我這麼說也只會為難。每個人有每個人的步調，有自己的做法與生活方式。基於培養團體行動或協調性的意義，校園或許是非常充實的環境，不過有時候會強迫學生遵守步調或做法。如果無法適應環境的孩子會被當成老鼠屎，或許應該是教育制度出問題。只是這個社會還不夠成熟，無法接納人們的多樣性罷了。這種想法也是存在的。所以如果這是妳拚命做出的成果，那麼這就可以當成是妳的『上學』。光是妳願意來保健室，我就非常高興喔。」

「那……那麼，您認為去保健室也可以畫圈嗎？」

「畫圈？」

美和子眼中出現疑問。

「就……就是這個。」

楓打開筆記本給美和子看。那是寫著今年目標的筆記本，上面已經畫了好多圈圈。

「我認為可以。對吧？」

此時，美和子突然徵求咲太的同意。

「我認為當然可以。」

咲太也確實點頭附和。

「那……那麼，楓認為絕對要去上學。」

就這樣，楓定下目標了。

再來只需要一步步前進。

朝學校的方向前進。

一步一步慢慢來也沒關係，確實前進就好。

第五章

然後，太陽再度東昇

1

上學的練習從隔天……十一月二十三日星期日開始。

回過神來，這個月只剩一週。今年也正邁向尾聲。

從放假不上課的週日開始練習是有理由的。比起一開始就走在平日的熱鬧通學路上，從旁人視線較少的狀況開始，楓的心理負擔應該會比較小。這是美和子的建議。

此外，也是基於楓想要盡早練習的強烈要求。

實際上，楓的幹勁也表現在行動上。她今早來叫咲太起床時已經換上制服準備周全。

咲太扼殺貪睡的心情，迅速起身。

楓別說上學，甚至還無法一個人出門，所以咲太當然得陪她練習。

好好吃頓早餐之後，咲太也換上外出服一起出發。

搭電梯到一樓，從電子鎖大門來到公寓前面的道路。

到這裡都沒問題。

真要說問題，頂多就是楓非常在意他人的氣息。一聽到人或東西發出的聲音，就像是戒心強的野貓受驚停下腳步。不過楓一直以來都是這樣，所以不必特別在意。咲太認為這部分也只能慢慢習慣。隨著楓逐漸將出門視為理所當然，內心應該也會產生從容，耐心等待就好。

「走吧。」

「好的。」

兩人從公寓前面朝國中方向前進。

星期日上午，還算早晨的九點鐘。冬季將近的這個時期，戶外空氣冰涼涼的，尤其在照不到太陽的地方，體感溫度似乎下降了好幾度。

不同於空氣的冰涼，住宅區隱約籠罩著悠閒氣氛。假日的慢活氣氛。少了趕著上班上學的人群，街景看起來也神奇地截然不同。

兩人在這樣的氣氛中一步步走向國中。學校還很遠，視野範圍看不到校舍，不過只要楓前進一步，和學校的距離就縮短一步。每一步都有這種真實的感受。

楓原本就走得慢，不過以這個步調來說，這樣的起頭算是很順利。

途中和車輛交會時，楓停下腳步不動，不過直到第一個轉角都意外地沒什麼窒礙。

然而，楓在這裡遭遇到一道高牆。

在十字路口，兩人撞見從右方走來的女學生。那是和楓穿相同制服的兩人組。兩人都拿著比網球拍小一號的球拍袋，應該是羽球社吧。看來正要去參加社團活動。

這兩人只在一瞬間同時看向楓。

視線完全相對。

「！」

楓挺直背脊僵住。

兩名女學生似乎沒特別在意，從咲太與楓前面經過，就這樣一步步離開兩人，走向學校。

她們愉快地討論的話題是昨天看的電視節目。

楓像是被她們的笑聲嚇到，躲在咲太身後。揪著衣服的手傳來顫抖。

「她們不是在笑妳啦。」

「真的？」

「如果妳認為這麼簡單就能逗別人笑，妳就大錯特錯了。」

「搞……搞笑之路好坎坷喔。」

楓從咲太身後探頭，注視兩名女高中生變得很小的背影。雖然身體勉強不再顫抖，雙腿卻整個使不上力，完全軟腳了，感覺連一步都無法前進。

離家約一百公尺。

距離學校大概還有七八百公尺吧。

終點還很遠。

雖然這麼說，但咲太認為今天的練習應該到此為止。他在轉身的楓身上看到了某個東西。從裙襬露出的雪白大腿上出現一層薄薄的瘀青。這是出門時沒有的東西……

「今天妳很努力了，回家吃布丁吧。」

實際上，雖然是第一天練習，但進度比咲太想像的還好。老實說，咲太原本猜測楓走出公寓就會立刻停下腳步。

「楓……楓要再努力一下。」

楓緊抓咲太肩膀的手再度微微發抖。她明顯在逞強。感覺大腿的瘀青顏色比剛才更深，大概是對楓的不安起了反應。

「那麼，再一步就好。」

咲太接下楓的幹勁，如此提議。

「好！」

楓以有點緊張的聲音強振精神回應。

雖然嘴裡這麼說，但楓沒踏出這一步。

即使等待五分鐘、十分鐘，這天依然沒踏出這一步。

2

隔天，十一月二十四日星期一，咲太比平常早起。

鬧鐘顯示的時間是早上六點半。對咲太來說是清晨。

並不是因為早起健康法而清醒。

是為了陪楓練習上學。

一般的通學時間，通學路上當然有許多學生，因此先以晨練的形式練習。這是昨晚和楓討論之後的決議。

要是在平常的上學時間練習，楓就沒辦法上學，這也是一個問題。若要因而蹺課好幾天，咲太個人反倒非常歡迎，但是楓不願意這樣，所以採用了晨練方案。

「哥哥請在學校好好念書。要是哥哥沒能和麻衣小姐上同一所大學，楓會很為難。」

似乎是這個原因。如果是這樣的結果，咲太確實也會很為難，不曉得會面臨何種懲罰。

以這種感覺開始的晨練第一天，剛出發的時候和昨天一樣走得很順。但也只限於一開始，楓在和昨天一樣的地方停下腳步。

走出公寓的第一個大路口。

狀況和昨天一樣，兩人遇到了身穿國中制服的學生。三個理平頭的男生，灑脫髮型一看就知道是棒球社的。三人都拿著智慧型手機在滑，畫面看起來是解謎遊戲。

他們俐落地一邊滑手機一邊聊功課，走向學校。

楓在電線桿後方看著三人。

看來雙腿嚇到動不了了。即使如此，只有幹勁還在。

「楓……楓還能努力。」

她在咲太催促回家之前這麼說。

不只是聲音在發抖，老實說，氣色也不太好，明顯感覺得到在逞強。藍紫色的紋路從襪子露出的小腿肚往上爬，彷彿顏色惡毒的小蛇纏身。

見到這幅光景，很難說出「好，繼續吧」這種話。無論楓想怎麼做都不能勉強。這也是咲太應盡的職責。

「我也得上學，所以今天就到此為止吧。」

「好……好的。要是哥哥遲到就糟了。」

和這一天相同的狀況也延續到隔天。

十一月二十六日，星期三。

這天，楓的狀況從早上就怪怪的。從互道早安的時候就一直在想事情，咲太對她講話時，她的反應也有點遲鈍。

即使做楓最近愛吃的炒蛋，她也只是默默以湯匙送進嘴裡。明明平常都會說「好好吃，臉頰快掉下來了！」這種感想，不知道她是怎麼了。

「……」

換上制服以及穿鞋的時候也一副若有所思的表情。

「楓？」

「……」

在電梯裡叫她也沒回應。

「喂～～楓？」

「啊，有。什麼事？」

「怎麼了？」

「楓下定決心，今天一定要走到學校！」

楓突然露出笑容這麼說。對話有點牛頭不對馬嘴。這種程度的落差在平常就很常見，沒什麼好稀奇的，但現在在各種隱情複雜交錯，在這種狀況下，很難將這番話當成慣例的少根筋發言聽過就算。

「楓會努力！」

咲太在楓的笑容裡找到「堅持」的情緒。這份情緒也可以形容為「焦躁」。

「不用這麼著急也沒關係喔。」

「楓……楓沒著急啦！」

楓連忙擠出笑容否認，卻沒有維持太久。只要和咲太對看，她就像要逃避般移開視線，一臉苦思不解的表情低下頭。

「……楓要上學。」

楓輕聲說完，用力捏著裙襬，像在克制某種情緒……

「友部小姐也說過可以慢慢來吧？」

「……」

楓似乎說了些什麼，但咲太沒聽清楚。

「楓？」

「……這樣不行。」

咲太反問之後，楓輕聲這麼說。聲音在發抖，但是只有意志很明確。咲太感受到一種奇特的堅強，而且這份堅強立刻變成不對勁與不安的感覺。

「什麼不行？」

「……」

這次楓沒回應。

堅守沉默的電梯抵達一樓，響起鈴聲之後開門。

然而，咲太沒踏出電梯。

他覺得今天休息別練習比較好，沒必要以這種消沉的表情努力。逞強是大忌。美和子也是這麼說的。這時候逞強而冒出「上學果然很難受，所以討厭上學」這種想法不是好事。如果這次真的變得討厭上學，就很難再度積極面對。

美和子曾經對咲太這樣說明。

咲太覺得自己隱約明白這個道理。鼓起勇氣努力，卻只經歷了難受的過程就收場，這樣很難再提起幹勁挑戰，會冒出放棄的念頭。

「楓，今天的練習休息一次吧。」

咲太朝關門的按鍵伸出手。就在這一瞬間，某人從旁邊跑了出去。楓衝出電梯了。

「楓！」

咲太以身體壓住即將關上的門，大聲叫她。

但楓沒停下腳步，就這樣踉蹌著跑到外面。即使絆到腳差點跌倒，依然撐著地面磁磚恢復平衡，就這樣頭也不回地背對咲太走出公寓。

「楓！」

咲太再度叫她，匆忙追上去。

「喂，楓！」

甚至忘記現在是清晨，大聲叫她的名字。聲音在公寓之間響起。

然而，楓沒停下來，拖著腳步拚命跑在通學路上。只是她完全跑不快，所以咲太得以迅速地追上。

他抓住楓的手腕。

「用不著勉強沒關係的。」

「一定要這樣！」

氣喘吁吁的楓擠出毫不矯飾的情感。

「楓沒時間慢慢來了啊！」

楓猛然抬頭注視咲太。目不轉睛，淚眼汪汪地筆直瞪向咲太。

咲太第一次看到她這種表情。

「……」

以前她也未曾這樣吼叫。

不過，咲太驚訝的原因在其他地方。他是被楓剛才那句話嚇到。

楓早就知道了。她理解自己的處境，明白自己沒有時間。

咲太理解這一點之後，手失去了力氣，放開楓的手。

楓再度逃走。不對，是跑向學校。

「那個傢伙……」

楓的背影搖搖晃晃地前進。

「早就知道了嗎……」

她的言行都證實了這一點。

咲太感到困惑。腦袋思考該怎麼做，身體被思緒囚禁而緊繃，收不到大腦的命令。

然而，這只是一瞬間的事。

咲太硬是讓黏在地面的雙腳離地。踏出第一步之後就簡單了。身心一起追著楓跑。

追楓的時候，思緒晚一步追上身體，得知事到如今思考也沒有意義。

咲太視野中的楓突然停下腳步。老地方的十字路口。一名穿制服的女學生從楓面前經過。

大概是和這名女學生四目相對了吧。

楓低下頭，靠到道路角落，躲在電線桿後面，就這麼蹲下來。剛才奔跑導致呼吸急促，肩膀上下起伏。

即使如此，楓依然絞盡力氣般起身。雖然起身，想前進的腳卻沒有踏出去。

「為什麼……為什麼……」

隨著距離接近，傳入咲太耳中的是微微顫抖的怨嘆聲。

「為什麼不行啊！」

楓用力拍打自己的大腿，反覆拍打。

咲太追上楓，抓住她的手阻止她。拍打的大腿有一大片瘀青，咲太抓住的手腕也出現藍紫色的斑點。原因不是拍打，折磨楓的思春期症候群發作了。這是一幅過於令人心痛的光景。

「為什麼……楓明明想上學……為什麼動不了！」

楓的雙眼流出一顆顆的淚珠。她目不轉睛地注視自己的雙腿，嚴厲譴責自己的身體。

「為什麼，為什麼！」

不知道她問的對象是誰。是她自己？還是自己體內的另一個自己？或許兩者皆是。

「楓。」

「……」

即使咲太叫她，她也不肯看過來。

「楓不回去……」

楓就這麼哭喪著臉，抓住道路標誌的立桿。

「不回去……」

以孩子氣的方式表明這份堅定的意志。

「楓要練習到敢上學。」

淚水與鼻水沾滿整張臉蛋。

「要練習……」

「我知道了。」

咲太以一如往常的語氣回應。這當然不是預先準備好的答案，是看到正在眼前掙扎的楓而導出的答案。咲太不知道這個答案是否正確。雖然不知道，但與其煩惱該做何決定而浪費時間，咲太寧願選擇把更多時間用來實踐自己的決定。

「我知道了。」

他再度說了。

楓的肩膀抖了一下。

「我會讓妳敢上學。」

「咦？」

楓終於看向咲太，淚汪汪的雙眼映著咲太的身影。

「真的？」

「真的。」

「真的是真的？」

「真的是真的。」

「……」

楓一臉還無法相信的樣子，愣住的表情。

「不過，休息一下再繼續練習吧。」

咲太摸索制服口袋，找到很久以前在車站前面拿到的面紙，幫楓擦掉淚水與鼻水。

「休息嗎？」

楓停頓片刻之後這麼問。

「嗯。我珍藏了一個很棒的休息地點，也告訴妳吧。」

咲太轉過身，率先踏出腳步。

「啊，請等一下。」

楓放開道路標誌的立桿，匆忙追過來，立刻依偎在咲太的肩頭黏著不放。

3

咲太先回家一趟，趁著楓洗掉臉上淚水時打電話到峰原高中。

「啊，我是二年一班的梓川咲太……我今天不舒服，要請假。」

咲太光明正大說謊之後掛上電話。等待一段時間，校方沒回電確認，所以在超過九點半的時候再度和楓一起出門。

楓要朝學校方向踏出腳步時，咲太叫住她。

「這邊，這邊。」

咲太招手示意。

然後，他帶楓來到藤澤站。

可以轉搭三條路線的大型車站，即使過了上班上學的時間，乘客依然很多。出站與進站的人大約各占一半。

「人好多。」

躲在咲太背後的楓卻步了。但要是沒克服這道關卡就無法抵達目的地。

「楓，如果這種程度就怕，妳就沒辦法上學喔。」

「好……好的，楓會努力！」

接受咲太打氣而堅定決心的楓抬起頭。兩人在ＪＲ售票機買車票，通過驗票閘口。

進入月臺的是銀色車身加上綠色與橙色線條的車輛。這裡是東海道線的月臺。

咲太與楓搭乘隨後進站、開往小金井的電車。

角落有空位，所以兩人並肩坐下。楓坐在最邊邊。

「哥……哥哥，珍藏的地點還沒到嗎？」

電車起步之後，楓一邊在意旁人一邊詢問。

「放心，很快就到。」

持續行駛的電車終於停靠第一站。鄰站大船站。下車的人下車之後，上車的人上車。

發車鈴聲響起，車門關閉，電車再度行駛。

「還沒嗎？」

「再一下下。」

下一個停靠站是戶塚。咲太與楓沒下車。

「還沒嗎？」

「再一下下。」

接著停在橫濱站，不過咲太與楓還是沒下車。到目前為止搭了二十分鐘的車。

「哥哥，還沒嗎？」

「唔～～還要再一下下。」

電車每次進站，兩人就會重複這樣的問答。橫濱之後依序停靠川崎、品川、新橋、東京站。

即使電車駛離東京站，咲太與楓依然隨著車廂搖晃。

「哥……哥哥的『再一下下』不能信任！」

楓已經完全淚眼汪汪了。

「這次真的再一下下就到。」

「楓……楓不會被騙喔。」

楓鼓起臉頰。

不過，這次真的是「再一下下」。咲太與楓要在下一站下車。

「看，到了。」

窗外看得到車站月臺。電車減速，精準地停在指定位置。

車門開啟。

咲太和楓一起來到月臺。

眼前是寫著站名的看板。

——「上野」。

上面是這麼寫的。

咲太與楓下車的車站是新舊參半的東京都台東區某個大站，附近有大學、美術館、博物館等許多設施的東京都東側。只要多走幾步路，距離以雷門等景點聞名的淺草也很近。在晴朗的今天也可以清楚看見晴空塔。

不過，這次並非要去這些地方。

咲太走出驗票閘口，依照寫著「公園出口」的導覽指示，從北門出站。正如名稱所示，眼前是一座公園。

咲太進入這座公園。

「哥……哥哥，要去哪裡？」

楓在陌生的城市顯露戒心。她從搭乘電車的時候就抱著咲太的手臂寸步不離。

「就說了，是我珍藏的地點。」

咲太含糊地回答，筆直走在文化會館與西洋美術館之間。

目的地已經在正前方，拱門形狀的入口映入眼簾。

「哥哥？」

楓的疑問無窮無盡。非假日的上午，還不到十一點。雖然是這種不上不下的時間，周圍依然

有不少人悠閒地散步，大媽集團一邊走一邊熱絡閒聊。楓在意周圍的人，還沒看見目的地。

結果，直到咲太在目的地前停下腳步，楓都沒察覺。

「看得到了。」

在咲太的催促之下，楓呆愣地抬頭。她看向咲太的臉，接著將視線移向咲太注視的正前方，嘴巴隨即張成「啊」的形狀。

「動物園？」

楓一臉愣然，唸出入口的文字。

「動物園！」

第二次是興奮地說出口。

沒錯，咲太帶楓來到位於上野的動物園。聽說是日本第一座動物園。

「哥哥，動物園耶！」

「所以我不是說了嗎？這裡是珍藏的地方。」

楓頻頻拉著咲太的衣袖。

購買兩人份的入場券，穿過入口大門。

感覺氣氛略微變化。

「有一股那須野沒洗澡的味道！」

楓率先反應，以閃亮的雙眼這麼說。

「是啊，動物的味道。」

雖然這麼說，但目前看見的都是人類。大學生情侶、獨自走著的神祕大叔，以及一群背著背包的小學生。穿制服的咲太與楓之所以沒引人注目，應該是因為來遠足的學校也很多吧。售票亭的小姐終究是質疑地看了他們一眼，卻沒有刻意開口詢問。

兩人從入口筆直前進。

「啊……」

此時，楓發出聲音，暫時停下腳步。

「怎麼了？」

咲太以為發生了什麼事而詢問。

「熊貓！」

楓以開朗的笑容說了。

仔細一看，正前方是熊貓館，高掛一個大大的看板。

「哥哥，是熊貓喔，有熊貓喔！」

楓頻頻拉著咲太的手臂。「快點，快點！」她催促著說。

直奔熊貓館。絲毫不在乎旁人，感覺滿腦子只有熊貓。

咲太第一次看到這樣的楓。

光是這樣就覺得帶她過來真是太好了。

咲太被拉著進入熊貓館一看，人們聚集在深處。戶外區看得到兩隻熊貓，是特徵明顯的黑白毛色。

「熊貓，有熊貓！」

多虧前面的團體往前移動，眼前的貴賓席是空的。

楓從扶手探出上半身。

熊貓慢吞吞地從前方橫越過去，近得幾乎伸手可及。

「熊貓在走路！」

「確實在走路。」

像這樣近距離看就覺得熊貓很有份量。好大。

「那邊的熊貓在吃東西！」

在深處的另一隻正在吃竹葉，伸直後腿坐著，完全放鬆。

「真會吃啊。」

熊貓全神貫注地吃，看起來完全不在意咲太與楓，挺威風的模樣。

「熊貓好大。」

「不愧是大熊貓。」

「是黑色加白色。」

「斑馬也一樣。」

「啊，牠剛才看這裡喔！」

楓朝熊貓揮手。熊貓表情不變，繼續吃著竹葉。

「熊貓還在吃。」

「竹葉沒什麼營養，所以熊貓每天大多數的時間都要吃，否則活不下去。之前電視上播過這個知識。」

「熊貓也很辛苦耶。」

「大家都很努力過生活啊。」

和哥哥聊這種事的楓一直看著熊貓，看了快一個小時都看不膩。

「熊貓一直在吃。」

現在兩隻都在努力吃東西。其中一隻從咲太與楓來看的時候就一直只有在吃東西。

看來電視播的熊貓情報是真的。

思考這種事的時候，肚子「咕」地叫了出來。

「楓也餓了……」

楓一臉為難地按著肚子。

快十二點了。在這種地方，最好趁人多之前吃完午餐。

「那麼，我們也吃飯吧。」

離開熊貓館的咲太與楓看著導覽板尋找能用餐的地方。他們找到的是露天咖啡廳。來到店門口一看，已經聚集了不少人。

原本擔心楓是否能順利用餐，不過最後是咲太白操心了。

即使楓平常會對這股氣氛感到畏縮，這次楓也不以為意地跟著咲太進入店內。或許是見到熊貓的興奮心情戰勝畏懼，暫時不會在意旁人。

楓選擇的菜色是「熊貓烏龍麵」。以山藥泥跟香菇重現熊貓的模樣，搭配的海苔也印著熊貓，明顯看得出熊貓是園內明星。既然能讓楓的精神變得這麼好，咲太希望家裡也養一隻。

吃完午餐，兩人慢慢逛園區。除了熊貓還有許多動物，大象、熊、老虎、獅子，鳥有好多種，還有猩猩。盡情看過海獅、海豹與北極熊後，搭園內的單軌列車看水豚，前往動物園西側。在西側的區域可以愉快地欣賞侏儒河馬與歐卡皮鹿。在這座動物園，三大稀有動物漂亮地齊聚一堂。確實都是不可思議的生物。

「楓果然是熊貓派。」

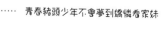

還以為楓在想什麼心事，看來她是為歐卡皮鹿著迷了。
西側大致看過一遍之後，這次改成徒步過橋回到東側。途中，兩人發現了小熊貓。
「哥哥，是小熊貓！」
「是小熊貓。」
「好小。」
「因為是小熊貓啊。」
「不過，好可愛。」
楓目不轉睛地觀察小熊貓。
「啊，哥哥，有小熊貓喔！」
這個聲音從後方傳來。
仔細一看，看似國中生的嬌小少女拉著推測應該是「哥哥」的男性手臂。
「有一種『小』的感覺耶！」
「那是什麼感覺？」
「不是『大』的感覺！」
「這樣啊。」
幾乎把妹妹的話當耳邊風的男性給人的感覺不是大學生，年齡大約二十五歲左右吧，應該出社會了。他東張西望，大概是在找人。

「說真的，那個傢伙跑去哪裡了？」

「手機還是沒接通？」

妹妹說完，男性便打手機聯絡。

「完全沒接。」

不過似乎失敗了，男性一臉憔悴地說。

「都成年了還走失，真拿她沒辦法耶。」

不知為何，這個妹妹一臉開心地得意洋洋。

「妳以為這是因為誰啊？」

「還不是因為負責照顧的哥哥沒有好好看著她。」

「當時我正在阻止妳跟著小學生的遠足隊伍離開啊！」

「因為老師在招手啊。」

「超過二十歲了還會被誤認是小學生，妳究竟是怎樣……」

咲太不禁差點發出「咦？」的聲音。說來驚訝，以為是國中生的那個妹妹似乎成年了，年紀比咲太太大。明明怎麼看都和楓同年甚至更小……看來世間有各式各樣的妹妹。

「看來只能期待廣播尋人了。」

「畢竟那個傢伙也已經是大人了，不會用廣播尋人吧？」

咲太聆聽一旁這對兄妹的對話時，園內響起尋人廣播。

『——為……為各位播報尋人啟事。身高約一六〇公分，年約二十五歲，手拿素描簿的長髮成年女性。認識這位小姐的貴賓，請到西園單軌列車站。』

廣播情報的小姐聲音明顯引含困惑之意。園內停下腳步聆聽的遊客一齊露出「成年女性？」的疑問表情。即使如此，眾人依然各自去看想看的動物，大概是認為廣播出錯了吧。

「哥哥，廣播在叫你喔。」

「……是啊，廣播在叫我。」

咲太旁邊的兄妹以疲憊的腳步從小熊貓前方離開，前往西園單軌列車站。

神祕兄妹離開之後，咲太與楓也和小熊貓道別，回到東側。

兩人就這樣在園內隨便亂逛，來到商店前面。店內排列各種動物精品，當然也有熊貓的，而且很多。咲太從其中購買布偶做紀念。動物園有兩隻，所以布偶也買兩隻。

「楓……楓只買一隻也可以啊。可是，沒有兩隻的話好像很可憐。」

「知道了，知道了。」

咲太的荷包順利變輕，相對的，背上變重了。他背著裝進袋子的兩隻熊貓。

走出精品店的時候，太陽已經接近山頭，西方天空染成紅色。距離閉園還有一小段時間。

前往出口的途中，咲太與楓再度繞去熊貓館。

「熊貓……還在吃。」

咲太與楓去看其他動物時，不知道熊貓是否一直在吃，但牠伸直後腿的坐姿沒變。竹葉這麼好吃嗎？

園內廣播即將關門時，兩人走向出口。

楓腳步沉重，好幾次回頭看熊貓館。這就是所謂的依依不捨吧。

「要和熊貓說再見，楓好寂寞。」

「下次再來就好啦。」

「可是，楓……」

楓消沉地微微低頭，大概是想說不知道有沒有「下次」吧。咲太沒辦法不負責任地說「沒問題」。他不知道是否沒問題，所以他換個方式回應。

「這是妳的份。」

咲太說完，將入園前買的動物園入園券交給楓。這不是普通的入園券。

「這是……」

楓大概也察覺了，目不轉睛地注視印在上面的字。她應該看見了票面上標示著「年票」，以綠色為底的姓名欄位清楚寫著「梓川楓」。

「只要有那個，妳每天都見得到熊貓喔。」
「好……好厲害！哥哥果然是哥哥！」
「這是怎樣？」
「可是，那麼……」
「嗯？」
「楓可以再來這裡吧？可以吧？」
再三確認的楓雙眼似乎稍微噙淚，因為「花楓」的事掠過了腦海。她總是擔憂自己是否可以繼續當「楓」。
要是自己做自己卻會被他人責備，那還得了。
「當然可以啊。」
所以咲太如此回答。只要在他面前的是「楓」，他就會全力當楓的哥哥，以免楓對自己感到不安。大家視為理所當然的事也要讓楓視為理所當然，為此咲太要盡力而為。
「難得買了年票，要是沒有多來幾次就太浪費了。」
「楓想要來很多次直到回本！」
「就是這股志氣。」
「好！」

楓就這麼掛著笑容，從出口離開了動物園。

4

從動物園回家時，即使已經抵達藤澤站，楓的興奮心情依然沒平復。路上，她一直對咲太說熊貓或是一起到處看的動物有什麼優點或是可愛之處。

從車站回到自家公寓的途中，順路去了便利商店一趟。雖然忘了話題是怎麼轉移的，不過應該是聊到熊貓愛吃竹葉、楓愛吃布丁，所以決定買布丁。

楓一臉嚴肅地仔細挑選今天想吃的布丁。

「楓要這個！」

咲太準備將籃子裡的兩個布丁拿去結帳。

「啊，哥哥，請等一下。」

不過，楓叫住他。

「可以由楓結帳嗎？」

咲太沒理由拒絕，所以將購物籃與千圓紙鈔交給楓。

「那……那麼，楓過去了。」

「好。」

在咲太的守護之下，楓前去結帳。收銀檯後方等待的是褐髮姊姊，大概是打工的大學生。

「請……請給我這個。」

楓神情緊張，將購物籃放在收銀櫃檯上。

大姊姊迅速掃描條碼，將兩個布丁放進塑膠袋。

楓散發出異常的緊張氣息，使得咲太心神不寧，焦急難耐。

楓戰戰兢兢地拿出千圓鈔，收下找的零錢。楓離開時差點忘記拿布丁，不過大姊姊叫住她，親自交給她。

「謝……謝謝。」

楓低頭道謝。

「謝謝光臨。」

大姊姊輕聲一笑。

楓似乎覺得難為情，迅速回到咲太身邊。

「哥……哥哥，楓也購物成功了！」

「不過妳好像差點忘記拿布丁。」

「幸好大姊姊是好人。」

收銀檯的大姊姊笑了，大概是聽到咲太與楓的對話吧。不知道她對咲太與楓有什麼想法，至少肯定認為這兩個客人怪怪的吧。

不過，並不是討人厭的笑容，感覺是看到溫馨的光景不禁會心一笑。

咲太從楓那裡接過找的零錢，走出便利商店。

「幫妳拿布丁吧？」

咲太伸出手，楓就扭身將布丁藏在後面。

「這是楓買的布丁，所以楓要自己拿。」

感覺她心情很好，看著袋子裡的布丁笑咪咪的。

大概是成功結帳真的很高興吧。

離開便利商店走一段路就看到一座橋。橋下的河流是境川。沿著這條河而下，可以抵達江之島前方。

過橋之後，平常都應該左轉，咲太卻直走。

「哥哥，家的方向是那邊吧？」

楓指著左邊的路。

「這邊有捷徑喔。」

咲太面不改色地說謊，沒停下腳步，筆直前進。

「楓不知道捷徑。」

楓不懂懷疑為何物，就這樣完全上當了。

「因為妳在這方面還是外行人啊。」

「哥哥是高手嗎？」

「已經可以稱為行家了。」

「好厲害。」

景色逐漸變成住宅區。距離車站愈遠，夜晚的寧靜就愈明顯。即使如此，還是聽得到遠方往來的車聲，周圍也有許多住宅燈火或路燈，不會伸手不見五指。

就這樣行走約五分鐘。

轉一個彎，前方是好大的門。

「咦？」

楓發出驚訝的聲音。

「哥……哥哥……這裡……」

大大的門後看得見操場。在路燈照耀下看起來泛白的是足球場的球門，操場另一頭是三層樓的校舍。

出現在咲太與楓面前的是楓預定就讀的國中，楓想來的國中校舍。

現在燈都關了，融入夜晚的靜謐，學校也進入夢鄉。

「是……是學校！」

「現在天黑了，要安靜喔。」

「啊！」

楓連忙摀嘴。

咲太以眼角餘光看了楓，朝大門伸出手使力，但終究打不開。不過門的高度算不了什麼，可以輕易翻過去。

「嘿咻……」

咲太在校內著地。

「哥……哥哥，不行啦。」

「來。」

咲太朝楓伸出手。

「不……不可以啦……」

「只是看一下。」

「那……」

「那？」

「那就只看一下哦。」

楓稍微苦惱之後，握住咲太的手。看來進入學校的願望比認為不能這麼做的心態強烈。咲太拉著楓的手，讓她翻越校門。

楓護著手上的布丁，雙腳在校內著地。

「……」

「這是妳第一次上學。」

「初體驗是夜晚的學校。」

「總覺得『夜晚的學校』聽起來色色的。」

咲太隨口回應，走向校舍。楓也一邊張望一邊跟上。

面對操場的一樓教室似乎是三年級的教室。從窗戶看向黑板旁邊的牆壁，雖然沒寫是哪一班，但確實有「三年」的標示。大概一樓是三年級、二樓是二年級、三樓是一年級吧。

「啊，這裡是三年一班。」

校舍最深處的教室。黑板一角寫著「三年一班」。

「這裡是楓的教室？」

排列超過三十組的桌椅，留著粉筆粉末的黑板，稍微放歪的講桌。楓將手撐在窗戶玻璃上看著這一切。昏暗的教室裡當然沒任何人。

不知道過了一分鐘，兩分鐘……還是更久一點，楓默默注視著教室。

「哥哥。」

她輕聲叫咲太。

「嗯？」

「下次，楓想來白天的學校。」

「稱霸夜晚學校的妳應該可以輕鬆成功吧。」

「是……是這樣嗎？」

「因為夜晚的學校會鬧鬼，很恐怖喔。」

「鬧……鬧鬼？」

楓發出近似哀號的聲音。

「嗯？好像有東西在動。」

咲太朝教室一瞥，想嚇嚇楓。

「咦？啊，有個又白又長的東西！」

楓伸手直指。

「不，那是窗簾。」

「可……可能是鬼喔。真……真是的，楓受夠夜晚的學校了，回……回去吧，哥哥。」
楓拉著咲太的手臂。
「也對，就這麼做吧。」
咲太被走在前面的楓拉著手，穿越操場中央。
回到剛才翻越的校門，從那裡離開學校。
楓就這麼黏著咲太好一陣子，看到居住的公寓時，她大概是鬆了口氣，終於放開咲太。
「哥哥。」
「什麼事？」
「寫在筆記本的所有目標，在今天都可以畫圈了！」
「啊～～已經這樣了？」
「完成熊貓、布丁跟上學就全破了。」
「那就得慶祝才行了。」
「是的！啊，不過，學校還是先畫三角形吧。」
「畫圓形也行吧？」
楓搖了搖頭。
「等楓去了白天的學校再畫。」

「這樣啊。」

「不過，楓覺得自己做得到。」

「嗯？」

「楓覺得明天去得了白天的學校。」

咲太不知道她這個想法的根據在哪裡。

「說得也是。」

雖然不知道，但他自然地這樣回應。

「好期待明天！」

因為看到楓洋溢自信的笑容就會神奇地能夠相信。

「等不及明天的到來了。」

因為即使在夜空下，楓開心的表情也閃閃發亮。

明天肯定會是美好的一天。

楓的開朗笑容令咲太這麼認為。

5

嘴邊又刺又癢。

感覺像是柔軟筆尖的物體撫摸。

意識到這一點的下一秒，粗糙的觸感舔著鼻尖。

「喵～～」

半夢半醒之間，聽到一個有點不悅的叫聲。是那須野的叫聲。

咲太半開雙眼，朦朧的視野中有一個三花貓的特寫。

「餓了？」

「喵～～」

那須野喉嚨發出呼嚕聲，在咲太的胸口回答。

「現在幾點了？」

咲太對抗懶散，朝鬧鐘伸出手。

抓起來看的鬧鐘指針指著七點半。看來已經天亮了。想到這裡，意識就清晰許多，雙眼也完全睜開。

窗簾的另一側，陽光宣示現在已經是白天。

咲太作勢要起身，那須野就連忙跳下床。咲太隨後慢慢坐起上半身。

平常楓會在這個時間來叫咲太起床，卻沒有要出現的徵兆。當然不是鑽進咲太的被窩，門後也莫名安靜。

「或許又因為肌肉痠痛爬不起來了。」

楓昨天在動物園玩得很盡興，造成影響也不奇怪。不久之前去海邊的時候，楓隔天因為肌肉痠痛而完全躺平。

咲太想起那天全身無力的楓，走出房間。

到盥洗室洗臉，在廚房迅速準備好早餐。由於沒時間，所以菜色是吐司和優格，然後煎個蛋放在盤子上，隨便切個番茄放在旁邊。

總共兩人份的早餐擺在餐桌上。

這段時間，楓房間的門依然保持沉默。

「楓，早餐做好了，起得來嗎？」

咲太朝門後詢問。

「……」

沒有回應。

咲太不得已，只好打開門。

「我開門了喔～～」

咲太先斬後奏，踏入楓的房間。

「呼～～呼～～」

熟睡的安穩呼吸聲，睡臉看起來也很幸福。

一如往常的熊貓睡衣。

兩側是昨天在動物園買的兩隻熊貓布偶。一副親子熊貓的狀態。這幅光景很有趣，咲太逕自笑了。

「楓，天亮了。今天還要睡嗎？」

「唔～～」

楓對咲太的聲音起反應。

她皺起眉頭，做出有點難受的愛睏表情。

不過，她立刻放鬆力氣。

「唔～～」

然後再度發出這個聲音，緩緩睜開雙眼。

楓慢慢坐起上半身，看來沒有肌肉痠痛。她伸直雙腿坐著，維持這個姿勢發呆約五秒。

「哥哥，早安～～」

接著一邊揉眼睛，一邊仰望咲太。

果然還是恍神的表情。

「……」

楓這個反應使得咲太感到些許突兀。楓剛才似乎說了「早安～～」。

確實說了。她說「哥哥，早安～～」。

咲太在腦中反芻這段記憶，隨即感覺這個小小的突兀感逐漸膨脹。

某些東西有問題。某些東西怪怪的。

內心響起平靜的警笛聲，愈來愈大聲。楓那仰望咲太的臉也和這個聲音成正比，逐漸產生了疑問。

「咦……？」

楓詫異地看著咲太。

「是……哥哥吧？」

她為什麼問這種問題？

「……嗯。」

咲太為什麼這樣回應？

在心中萌芽的疑問一下子長大，咲太的心臟用力跳動一下。第二下，第三下，心跳速度愈來愈快。

「頭髮留得好長耶。」

楓明明就在面前，卻不知為何看似位在遠方。

「哪可能突然留長啊？」

嘴巴發出的聲音彷彿不是自己在說話，是別人在說話。

「咦～～可是……」

楓露出鬧彆扭的表情主張不可能有這種事，感覺有點在賭氣，也像是在撒嬌。

咲太心中已經有答案了，卻沒能立刻化為言語說出口。

「楓，我問妳……」

「什麼事？」

「妳……」

後續的話語哽在喉嚨深處。

「真是的，什麼事？」

楓一邊說一邊打算下床。

「唔，腳好脹。」

「因為妳昨天在動物園玩得那麼開心啊。」

「動物園？」

楓歪過頭。

「我沒去啊。哥哥，你怎麼了？」

楓擔心地觀察咲太的表情。

「不，妳有去吧……」

「沒去啦。因為昨天……咦？我昨天做了什麼？」

楓一臉為難地思考，因為什麼都想不起來而愣住。

「果然不記得嗎？」

咲太喉嚨好乾，勉強擠出來的聲音是沙啞的。

「……？」

楓一臉不明就裡的表情，微微歪過腦袋。

「妳看到熊貓很開心吧？還買了布偶做紀念。」

兩隻熊貓躺在床上。楓抱起其中一隻。

「好可愛。這是哪裡來的？」

她純真地問了。

「……」

已經沒必要對答案了。

「呃，咦？這個房間是怎樣？我的房間長這樣嗎？」

無法只以突兀來解釋，有著決定性的差異。和楓不一樣。

所以，咲太只能說出這句話。

「妳是……『花楓』嗎？」

「這……這當然啊。真是的，哥哥，你在說什麼啊？」

難為情般的客氣笑容，貨真價實是「花楓」的笑容。

說來神奇，內心很平靜。

沒有驚訝，也沒有困惑。突然面臨這個事態，咲太也沒在花楓面前失常。

只是身體的知覺有點奇怪，映入眼簾的一切看起來都比以往模糊，感覺比以往遙遠。

和平常的差異只有這些。腦中莫名清晰，咲太說了聲「等我一下」便走出楓的房間，首先打電話給父親。

『咲太，怎麼了？』

「『花楓』的記憶好像回復了。」
父親立刻接起電話，咲太簡短告知事實。
『……』
父親在一瞬間語塞。
『真的嗎？』
咲太等待片刻之後，父親說出的第一句話是這句確認。
「應該吧。我不認為我會認錯花楓。」
『也對。』
「我想現在送她去醫院檢查，方便過來嗎？」
『知道了。是上次的醫院吧？』
「嗯。」
『那麼在醫院見。在這之前，花楓拜託你了。』
「我知道。」
平淡的對話。
彼此完全沒有情緒上的互動。
和父親講完電話之後，咲太再度拿起話筒，在帶花楓過去之前預先通知醫院。

告知花楓的狀況並且要求現在過去診察，院方立刻回應：「好的，等兩位過來。」最後還要聯絡一個地方。咲太打電話給計程車行。

抵達醫院，上次幫忙診察的精神科醫生以及腦神經內科醫生已經在等了。

初步診察完畢的時候，醫生說必須住院數天接受精密檢查。

這在咲太預料的範圍內。

「知道了。」

所以他點了點頭，只回應這句話。

旁邊的當事人花楓似乎還不知道自己身處的狀況，包含診察過程在內，始終呆愣著。

甚至不知道自己為何在醫院，也不知道為何要接受各種檢查。就是這樣的反應。

「看來，她完全不記得失憶期間的事。現在似乎還沒什麼自覺，但是不久之後，應該會對自己記憶的空白部分感到困惑。最好住院觀察到狀況穩定為止。」

父親趕來之後，醫生這麼說。

「麻煩醫生關照了。」

父親說完低頭致意，咲太也像機械一般照做。眼中所見依然像是位於遠方，缺乏真實感。

結束診察與簡單檢查的花楓先一步到單人病房待命。

聽完醫生說明的咲太跟父親來到了病房，便發現花楓似乎有所不滿。看來她無法接受住院的理由。

「我自認全身上下都沒問題啊……」

殘留稚氣的賭氣表情。

「真的是花楓……」

父親的聲音在顫抖。他相隔兩年與女兒重逢。

累積至今對女兒的情感撼動著他的心。這兩年來，他堅信會有這一天而耐心等待，而且這一天終於來臨了。

「爸……爸爸，怎麼了？」

仔細一看，父親眼角噙淚。

「不，這是……」

即使否認也無從掩飾。

父親的肩膀現在也在顫抖，被喜悅的淚水打動。

「總……總覺得我好難為情……」

「是啊。」

父親即使想克制，情感也沒有平息的徵兆。

「真……真是的……」

花楓的表情看來更為難了。

父親與妹妹睽違兩年的互動，在咲太眼中果然像是事不關己，隱約缺乏真實感。這是一種觀看老電影的感覺。

花楓的記憶回復，咲太無法像父親這樣開心。明明有喜悅，明明覺得高興，情感卻沒有顯露在外。沒辦法顯露，被坐鎮在咲太內心的巨大物體逐漸拉近、吸收、吞沒。

而且，這個巨大的物體隨著時間逐漸膨脹，如今差點要從咲太體內溢出。

自覺到這一點，眼角頓時溫熱，鼻腔受到刺激，喉嚨深處差點發出呻吟。內心的某個東西高聲催促，大喊要咲太快逃。

「我去一下廁所。」

咲太簡短說了，不等父親跟花楓回應就前往走廊。

甚至沒等門完全關上就離開病房。腳步愈來愈快，在走廊途中走到一半就跑起來，離開醫院的時候已經幾乎是全力奔跑。

連護士的訓誡聲都沒聽到。

剛開始，咲太很高興「花楓」回來了。父親開心的樣子令他內心一熱。然而這些情感被後續追上來的滔天大浪輕易吞沒。

在病房裡，在父親與花楓面前……咲太沒自信能撐過這波大浪。

如今，情感追上現狀。咲太察覺內心的失落感逐漸吞噬所有東西，有個怪物張開漆黑大嘴吞食一切。

無法逃離，因為這個傢伙位於咲太內心正中央。即使如此，咲太依然全力奔跑，總之只能奔跑逃走。

終於，黑暗追上咲太。

「啊啊啊……」

跑出醫院腹地時，咲太抓著胸口蹲下。

「啊啊啊啊啊……！」

情感沒能化為言語。但是非得宣洩某種東西，否則大腦不知道會變成什麼樣子。

眼中所見是地面與自己的腳。明明拚命忍著淚水，大顆淚珠卻滴濕周圍。到了這時候，咲太才察覺戶外在下大雨。

「不是還要再去看熊貓嗎！」

幾乎要撕裂喉嚨般大喊。

「不是說要讓年票回本嗎！」

吐出體內翻騰的困惑情感。

「明明說過，明天應該去得了學校……去得了……明明說過……」

話語逐漸毀損，聲音逐漸毀損。心快碎了。

「楓明明說過啊！」

豪雨劇烈打在身上，但是咲太身體沒有這種知覺。他只感受到一種感覺。只有一處，只有某處在痛。

「好痛……」

緊抓的胸口在痛。

好痛，痛到受不了。

移動視線一看，緊抓的T恤底下滲出紅色液體。

「……」

這種液體逐漸濕透咲太手指。

素色T恤從中央逐漸染成鮮紅色。

「……開什麼玩笑。」

面對不可思議的現實，脫口而出的是這種單純的話語。不是痛楚，也不是驚訝。

「別鬧了……」

將咲太胸口染色的紅黑水痕持續擴散。

咲太不可能知道發生了什麼事，卻看過這個現象。兩年前襲擊咲太的思春期症候群。症狀在現在這時候復發。咲太的大腦理解這一點。正因如此，湧上心頭的情感是純粹的煩躁，就只是一肚子火。

為什麼挑在這種時候？為什麼要在這時候妨礙咲太……

「開什麼玩笑……」

情感應該很強烈，卻無法用力。身體完全使不上力，只有無從宣洩的心情空轉。

甚至就這麼蹲著站不起來，彷彿忘記如何讓身體動。

「這是怎樣……怎麼回事啊！」

這句話是說給窩囊的自己聽。

自責導致胸口更痛。好痛，好痛，好痛，痛得不得了。頭都抬不起來，頂多只能看著雨滴彈跳的地面。

某人的鞋子進入咲太的視野。小小的腳。不是男生，是女生的腳。

「沒事了喔。」

在逐漸朦朧的意識中，咲太聽到女性的聲音。

「沒事了。」

又聽到一次。不是幻聽。

身體彷彿被這個聲音操縱般行動，咲太抬起頭。他覺得非抬頭不可。這個女性的聲音有這種力量。

女性不在乎身體濕掉，坐在咲太旁邊，摟著咲太的肩膀注視他。

「咲太小弟，沒事了。」

咲太認識這名女性。

「……」

什麼都沒辦法想了，完全不知道現在發生了什麼事。一無所知的腦海只浮現一件事。

浮現她的名字。

又懷念，又不算懷念……不過，對咲太來說具備特別意義的名字。

咲太像剛學會說話的孩童，呆呆地將她的名字說出口。

「翔子小姐……」

她嫣然一笑。

「沒錯，是翔子小姐。我來了，所以沒事了。」

6

雨聲傳入耳中。

遠方下雨的聲音。

不，之所以這麼覺得，是因為自己在窗戶緊閉的室內聽到雨聲。

熟悉的房間。這也是當然的，咲太在自己的房間。

坐在平常睡覺的床邊。

窗簾開著。窗外下著大雨，雨聲強調出室內的寧靜。

聲音好遙遠，彷彿只有這個房間從世界切離。

自覺這一點的時候，咲太總算察覺自己在家裡。

「我……為什麼……」

這個疑問被介入思緒的敲門聲吞沒。

即使在戶外下雨的聲音中，敲門聲聽起來也特別清晰。

「換好衣服了嗎？」

接著傳來的是溫柔的聲音，耳朵感覺懷念的暖和音色。光是聽到這個聲音就有點想哭。

不過，現在流不出眼淚。淚腺絲毫沒受到刺激。

「既然沒回應，我就開門了喔。就算你正在換衣服也是意外。」

門緩緩打開。從門縫窺視室內的人是翔子。

「還沒換衣服嗎？」

翔子一副傻眼的模樣，將門開到底。

咲太看到翔子才想起自己為何在家裡。他被突然出現的翔子帶回來了。

脫下鞋襪之後，立刻被推進房間要求換掉濕透的衣服。

不過進入房間獨處時，一切都變得不重要了。咲太坐在床邊之後，找遍全身上下都找不到能動的力氣。

「會感冒。」

翔子將毛巾蓋在咲太頭上，有點粗魯地擦拭。

「來，雙手舉高。」

咲太聽話地舉起雙手。身上的長袖T恤一下子就被脫掉。胸口在這時候傳來痛楚，凝固的血黏在衣服上拉扯皮膚。

刻在胸前的三條爪痕。

看起來像是血腫般變色結痂，如今被凝固的血弄髒變成紅黑色。剛才穿的長袖T恤也一樣沾上一片血跡。

咲太有個疑問。明明沒割傷，為什麼流了那麼多血，衣服也染上鮮血？為什麼神祕的出血現在好了？當時的疼痛明明是真的，為什麼已經沒事了？

最大的疑問在於擅自打開衣櫃翻找衣物的翔子。

不是今年夏天認識的國一女學生牧之原翔子。

位於這裡的翔子應該是兩年前在七里濱認識的翔子。她看起來比當時大了兩歲。

謎、疑問、不可思議的狀況。

咲太身處於這個狀況的中心，卻絲毫不想知道這些問題的答案。

現在連這種事都不重要。

現在支配咲太內心的只有一件事，就是消失的楓。

壓倒性的失落感當前，他對一切事物失去興趣。

眼見的世界從剛才就一直很遙遠，萬物都模糊不清。

此時，從衣櫃拿出衣服的翔子轉身。她手上是替換用的長袖T恤、居家穿的運動長褲，還有內褲。

「洗澡水差不多放好了，咲太小弟請去洗吧。」

翔子走到咲太面前。

咲太不經意抬頭看，翔子二話不說就抓住他的雙手，試著拉他起身。

咲太懶得抵抗，所以乖乖照做。

翔子繞到後方用力推他，就這麼帶他到更衣間。

「褲子跟內褲也由我脫嗎？」

翔子一臉正經地問。

「我自己脫。」

逐一思考好麻煩。

襪子跟長袖T恤已經脫掉了，所以只有長褲跟內褲是在更衣間脫掉。還在裡面的翔子不知道講了什麼，但咲太毫不在意。

咲太聽著背後傳來的尖叫，進入浴室關上門。

「真……真是的，居然露那種東西給我看。替……替換衣服我放這裡喔。」

翔子在毛玻璃設計的門後忿忿不平。不知道她究竟在生什麼氣。

咲太用臉盆從浴缸舀水，從頭頂沖洗。傷口果然已經結痂，胸口的傷痕沒受到熱水刺激。

泡進浴缸，感覺身體的知覺稍微回復了。

咲太眺望天花板一陣子。

「翔子小姐。」

他下意識地呼喚。翔子的氣息還在更衣間。

「什麼事？」

「我……什麼都做不了。」

聲音沒有情感。

「沒那回事喔。」

「可是，楓她……」

只把事實化為言語。

「咲太小弟很努力了。」

「翔子小姐懂什麼？」

咲太持續說出毫無情感的話語，和翔子柔和溫暖的聲音完全相反。感覺不像自己的聲音，但是說話的人確實是咲太。

「你認為或許可以為楓小妹多做一些事。如果是這種後悔的心情，我懂。」

「……」

「我翔子小姐全都看透了喔。」

有點麻煩的說話方式和記憶中相同。咲太即使覺得有趣，卻一點都沒笑。笑不出來。內心正中央出現的大洞吞沒一切，心中只吹著乾燥的風，風聲空虛響起。

「楓小妹恨過咲太小弟嗎？」

「……」

「她一直很喜歡你，對吧？」

翔子的聲音真的好溫暖。話中有感情。

「……說不定，我有能做的事情。」

所以咲太受到引導，吐出內心的痛苦，吐出詛咒自己的話語。

「等下次有機會再做就好喔。」

「楓沒有『下次』了啊……」

「如果咲太小弟一直這樣，楓小妹會好可憐。」

「……」

「她明明那麼努力，希望這次不讓你留下後悔……」

「……」

咲太聽不懂這番話的意思。說起來，她所說的「這次」是什麼意思？

「待在哥哥身邊就是自己的幸福。楓小妹不是拚命傳達這個想法給你嗎？」

「……」

「要是你沒收到這份心意，楓小妹很可憐。」

映在門上的翔子身影變得明顯。

這個身影迅速縮小到約半個人高。

她坐在浴室門前。

翔子的身影握著某個東西。四方形的東西，似乎是書。翔子翻開那本書。

「——『楓決定從今天開始寫日記。這是楓的日記。楓的名字是哥哥取的，筆記本跟筆也是哥哥買的。』」

翔子朗讀這樣的內容給咲太聽。

咲太立刻就知道那本書是什麼了。是他買給楓的筆記本。楓用來寫下內心所想，像是日記的厚厚筆記本。

連咲太也不知道楓寫了什麼。

翔子以溫柔的語氣唸起後續。

楓有爸爸、媽媽，以及哥哥。

可是，楓不清楚。

楓好像沒有記憶。

醫生說是解離性障礙的失憶症。
好難。

不久之前，楓並不是楓。
楓得知自己原本是花楓小姐。
可是，楓不認識花楓小姐。
楓沒見過她。
果然好難。

今天，媽媽一直和醫生說話。
好像是在討論疾病。
楓生病了嗎？
楓沒發燒。
也沒咳嗽。
也沒流鼻水。
楓很好。

可是，媽媽反覆問醫生：「什麼時候會治好？」

胸口刺刺的。

要是取回花楓小姐的記憶，楓會變成什麼樣子？

楓會變成花楓小姐嗎？

楓會去其他地方嗎？

一想到這件事，楓就害怕得哭了。

總覺得爸爸媽媽好像很難受。

他們說「慢慢來就好」，摸了我的頭。

可是，楓不清楚。

楓是楓，不是花楓小姐。

楓好難過，今天也掉了好多淚。

楓說了過分的話。

對爸爸媽媽說「不想和你們在一起」。

對不起。

可是，楓不是花楓小姐，所以很難受。

看到爸媽尋找花楓小姐的眼神，楓好難受。

楓搬家了。

好像要搬到旁邊的藤澤市。

哥哥說在江之島附近。

今天開始準備搬家。

哥哥說楓可以選擇想帶走的東西。

花楓小姐房間裡的東西，楓不太適應。

床、桌子與座墊都很可愛，楓很喜歡，但楓實在沒辦法當成自己的房間。

楓決定只帶走書與書櫃。

哥哥上次買給楓的小說，作者的其他作品擺在書櫃上，所以楓也想看那些書。

花楓小姐收藏的書有好多好多。

那須野也一起搬家！

抵達新家。

新家也有楓的新房間。

床、桌子、座墊以及窗簾都是和哥哥一起看型錄選的，都是哥哥準備的。

楓想在這個家成為優秀的妹妹。

要努力成為哥哥真正的妹妹。

不知道楓有多少時間。

楓應該遲早會痊癒。

痊癒之後，花楓小姐應該會回來。

所以楓要在這個新家，為了把楓當成楓對待的哥哥成為優秀的妹妹。

哥哥從今年春天開始成為高中生。

要就讀峰原高中。

哥哥說是看得見海的學校。

楓也想去看看。

可是，楓害怕外出。

大家的眼神好像在氣楓不是花楓小姐，楓好怕。
楓害怕別人以看著冒牌貨的眼神看楓。
楓不能就這樣當楓嗎？

哥哥做飯給楓吃。
不太好吃。
不過，楓說「很好吃」吃掉了。
哥哥說「這個好難吃」。

哥哥的廚藝突飛猛進。
進步得像是突飛！猛進！那麼快。
哥哥說祕訣在於按照食譜去做。

哥哥開始打工。
好晚才回家。
楓雖然孤單，不過會努力和那須野看家。

哥哥用第一份薪水買了熊貓的DVD。
熊貓好棒。好療癒。

哥哥帶應召大姊姊進房間。
楓立志成為懂事的妹妹，所以想拚命不過問。
是一位非常漂亮的大姊姊。

天啊，哥哥交女友了！
太扯了！
真的！
還是太扯了！
對方是上次見過的應召大姊姊……更正，是櫻島麻衣小姐。
仔細看就覺得她愈看愈漂亮。
楓擔心哥哥是不是被騙了。
書上有寫世界上有人會設下「仙人跳」的陷阱，楓真的好擔心。

麻衣小姐人很好。
也會上電視，很受歡迎。
好厲害。楓實在學不來。
真的好厲害。
還送了洋裝給楓。

今天起，哥哥的朋友要住在家裡。
雙葉理央小姐。
胸部好大。
真希望分一點給楓。
理央小姐說她羨慕我長這麼高。
楓要求交易。
依照妹妹的標準，楓長得太大了。
哥哥覺醒成為不良少年了。

不過，是楓誤會了。
和香小姐是麻衣小姐的妹妹。
閃閃發亮，好迷人。
不愧是偶像！
她也和楓成為好朋友了。

最近，楓常常作夢。
夢見小小的楓和小小的哥哥一起玩。
一起畫畫、一起玩家家酒。
可是，楓沒做過這些事。
楓沒有小時候。
楓只知道長大的哥哥。

楓也知道一件事。
哥哥一直在後悔。
關於花楓小姐的事。

後悔沒能在花楓小姐被欺負而痛苦的時候伸出援手。

雖然不是聽哥哥說的，但是楓知道。

如果楓就這樣消失，楓認為哥哥肯定又會後悔，覺得沒能為楓做任何事。

所以，楓決定立下許多目標。

和哥哥一起達成的目標。

就算楓消失了，楓也不希望哥哥後悔。

希望哥哥抬頭挺胸，炫耀自己為楓實現好多夢想。

比起悲傷的記憶，楓更想留下許多快樂、高興、歡笑的記憶。

就算楓消失了，如果哥哥能笑著想起楓，楓會很高興。

為此，楓要努力。

手臂出現瘀青。

之前也看過的瘀青。

哥哥很擔心，所以楓希望趕快治好。

楓的心中有人在說好怕好怕。

好像是害怕外出而哭泣。
但是，不用擔心喔。
楓有哥哥，所以不用擔心。

海好大。
海浪是「唰唰～～」的感覺！
麻衣小姐做的飯糰很好吃。
哥哥看起來很快樂，所以楓也很高興。
要是還能和大家來海邊，楓會很高興。

楓在醫院醒來了。
楓好像突然昏倒，失去意識。
醫生做了各種檢查。楓似乎很健康。
可是，哥哥有點無精打采。
哥哥看楓的眼神好像很落寞。
楓認為，大概是楓剩下的時間不多了。

楓好怕。

每天都作夢。

楓已經知道了。

這應該是花楓小姐的記憶。

所以，楓好怕。

楓不知道還能繼續當楓多久。

不知道能不能好好將所有目標畫圈。

想到可能會害哥哥後悔，楓就好怕。

拜託。

請多給楓一點時間。

楓希望哥哥想起楓的時候，可以露出笑容。

希望所有回憶都充滿笑容。

所以，請多給楓一點時間。

託哥哥的福，楓畫了好多圈圈。
表現滿分的花圈圈！
雖然一直很害怕，但已經敢外出了。
還去了麻衣小姐家玩。
還搭了電車。
還去了海邊玩。
還吃了便當！
還看了熊貓！
雖然有點作弊，不過還去了學校！
這都是託哥哥的福。
哥哥給了楓好多好多的幸福。

能夠成為哥哥的妹妹，楓好幸福。
無論是現在、以前或今後，楓都好喜歡哥哥！
明天，楓要去白天的學校。

無從阻止淚珠一顆顆滑落。

咲太蹲在浴室的浴缸嗚咽，像孩童一樣哭泣。

不知道如何對抗無止盡溢出的情感。

被自己以外的某種東西玩弄於股掌之間，無計可施。

即使如此，咲太依然拚命抵抗。

將蓮蓬頭開大，試圖蓋過嗚咽聲；熱水從頭頂灑落，試圖沖走淚水。然而，絲毫沒有止息的徵兆。

充滿胸口的情感反而只增不減。

楓留下的心意，溫暖的情感。

「不用忍耐沒關係的。」

浴室外面傳來翔子的聲音。

即使以淋浴掩飾，她也應該聽到了咲太的嗚咽聲。

「咲太小弟，你好笨。」

「我不能哭啊！」

聲音沾滿淚水，大概幾乎聽不清楚吧。連講話的本人都不知道自己在講什麼。

「我要是在這時候哭，會背叛楓的心意！」

楓為了什麼而努力？

她希望留下來的咲太能夠常保笑容，所以一直努力。

達成許多目標，以免咲太後悔。

竭盡心力，將咲太塑造為疼愛妹妹的哥哥。

塑造為實現妹妹心願的偉大哥哥。

所以，不能哭。

咲太這麼認為。

「楓明明那麼努力，我怎麼可以搞砸……」

「說得也是。你說得對。」

溫柔的聲音，柔和地承受咲太的情感。

「咲太小弟說得對，但你現在哭泣也沒關係喔。」

「這樣的話，楓她……！」

「因為這份悲傷也和筆記本上的花圈圈一樣，是楓小妹送給你的寶物。因為這就是楓小妹在你心中的份量。」

「！」

「咲太小弟是哥哥，所以全部接納吧。」

翔子的激勵，溫柔激勵的聲音再度令眼眶濕潤。

「嗚……嗚嗚……啊啊……」

即使如此，咲太依然反射性地再度想忍住淚水。

「啊啊，啊啊啊啊啊！」

然而，忍不住。

翔子的話語過於精準地刺入咲太內心柔軟的部位。

這份悲傷是楓給的。

證明咲太和楓共度的兩年時光確實存在。

因為「楓」深深刻在咲太的記憶才誕生的情感。

這麼龐大的東西不可能封鎖在內心，也不可能否定。

「啊啊啊啊啊啊啊！」

在幾乎令人發疼的蓮蓬頭水花拍打下，咲太像孩童一樣放聲哭泣，任憑情感驅使而痛哭。

為了今後也能和楓的記憶一起活下去。

希望總有一天能夠笑著述說楓的點點滴滴。

讓自己能夠想起這份溫柔的情感。

咲太回憶著和楓共度的每一天，像迷路的孩童一般不斷哭泣。

7

肚子正中央凹陷了。

隔天早上，咲太耐不住飢餓而清醒。

自己的肚子咕嚕叫。

這個聲音使他恢復意識。

咲太按著空空如也的肚子坐起上半身。

「咕～～」的低沉聲音再度在臥室裡空虛地響起。

「肚子餓了。」

這句話哽在喉頭深處，有點沙啞。

一半原因在於極度飢餓，另一半原因在於昨晚嚎啕大哭到丟臉的程度。

淚水完全乾了，臉頰卻依然留著緊繃的感覺。

咲太起身洗臉。洗臉台的鏡子映出咲太一如往常的愛睏臉孔，眼睛是腫的。

咲太掬起冷水潑臉。

洗去剩下的睡意，意識也清晰了。

再照一次鏡子。

「好悽慘的臉。」

說出感想之後，不禁笑了。

「而且肚子超餓的。」

不是開玩笑，肚子好像凹下去了。餓成這樣是難得的經驗，真的是空空如也的感覺。

這種不可思議的實際感受也令人覺得莫名好笑。

而且一旦覺得好笑，這個想法就隨著時間逐漸膨脹。咲太再度出聲笑了，笑到肩膀發抖，止不住笑。以為已經乾涸的淚水逐漸泛出眼角。

沒有停，也停不了。

再怎麼快樂、再怎麼悲傷、再怎麼嘆息世事不講理，肚子依然會餓，和這些情感無關。

不懂得察言觀色的這種生理反應對現在的咲太來說是一種救贖，他由衷感謝。因為可以像這樣以有點好笑的感覺想起這些理所當然的日常作息。話是這麼說，不過感覺身體似乎在對他說「這是在所難免」。

確實在所難免。

好不容易笑完之後，咲太前往廚房。

拿起預先買的吐司就啃。沒烤過，也沒抹果醬或奶油。即使如此，還是有小麥的甜味。雖然至今未曾在意，不過吐司確實有味道。

冰箱裡的番茄沖個水就直接吃。水嫩的口感，通過喉嚨的水分像是直接滲入乾燥的身體。

咲太就這麼站著迅速解決早餐，淋浴之後換上制服。今天不是假日，是普通的星期五，學校一如往常要上課。

翔子拼了三張椅子，俐落地縮起身體睡覺。

——我上學了。

咲太留下這張字條，比平常提早一小時出門。

獨自從公寓前面踏出腳步。

清晨的冰涼空氣讓現在的咲太覺得舒服。

感覺身體逐漸淨化。

腳步神奇地覺得輕盈。

咲太前往的地方不是學校。

不久，他抵達花楓住的醫院。

雖然不是會面時間，但咲太到護士站，記得他長相的護士小姐就准他會面了。

咲太鞠躬致意之後，前往花楓的病房。

停在門前，毫不猶豫就敲門。

輕敲兩下。

「請……請進。」

咲太聽到花楓有點緊張的聲音之後，靜靜開門。

「啊……」

花楓一看到咲太就呆呆張著嘴。

「早安。」

「啊，嗯，早安～～」

咲太關上門，走到床邊，坐在圓凳上。

「昨天，怎麼了？」

花楓隨即這麼問。

「嗯？」

「因為哥哥去了廁所就沒回來。」

「我拉得很嚴重，和廁所成為好朋友了。」

咲太隨便撒個謊。他不可能說得出實話。

「討厭，髒死了。」

花楓稍微離開咲太。

「不提這個，花楓……」

「什麼事？」

「妳喜歡熊貓嗎？」

「咦？怎麼突然問這個？」

「喜歡嗎？」

「……嗯，不討厭。」

花楓稍微思考之後回答。

「那麼，出院之後去看熊貓吧。」

「可以是可以，但我不懂為什麼要去看。」

「我想看啦，陪我去吧。」

「哥哥以前就喜歡熊貓嗎？」

花楓板起臉表達自己不知道這種情報。

「最近喜歡上了。」

「是喔……」

花楓看起來還無法接受。

「可是，哥哥已經高二了吧？」

「高二不能喜歡熊貓嗎？」

「我……我不是這個意思，這種事不應該約妹妹，而是交個女友約會去看吧？」

花楓露出有點像是消遣的笑容這麼說。

「不過哥哥似乎很可憐，我就奉陪吧。」

反正咲太應該沒女友吧。看來她這麼認為。

「話說在前面，說到女友，我有喔。」

「……咦？」

花楓停頓片刻之後驚叫。

「不會吧？」

「為什麼驚訝成這樣？」

「哥……哥哥有女友？」

看來在花楓的認知中，咲太交女友是天大的事情。不過她可不能只因為這樣就嚇到，咲太的交往對象更驚人。

「改天介紹給妳認識，做好心理準備吧。」

她不可能想到哥哥的女友是「櫻島麻衣」，肯定會嚇一大跳吧。

「哥……哥哥居然交得到女友……」

「還在講這種話？」

「因為……」

後來，咲太和花楓聊到差點遲到。雖然都是天南地北的話題，但咲太認為這樣就好。兄妹的日常對話就是這麼回事，聊沒營養的話題就好，成為能夠這樣閒聊的兄妹就好。

像這樣累積平凡的時光就好。只要想到「楓」，咲太現在也隨時會掉淚，但儘管鼻腔深處發麻，也只要想辦法度過理所當然般來臨的每一天就好。

這樣的日子，將是另一個嶄新的開始。

終章

邂逅

即使精密檢查的結果出爐，也完全查不出花楓身體哪裡出問題。

不過，醫院終究沒判斷可以立刻出院。

雖說意識清楚，但花楓的記憶有兩年左右的空白，只有「花楓」成為「楓」的這段時間從記憶脫落。

某天醒來，發現是兩年後的世界……花楓面臨的就是如此嚴重的狀況，院方判斷必須進行復健，適應突然逝去的這段時間以及在這段時間變化的環境。

居住的城鎮改變，就讀的學校也不同。花楓醒來時以為自己是國中一年級，卻已經是國中三年級，而且是第二學期即將結束的時期。

不可能立刻承受、接納這一切，若無其事地回到日常生活。

認知與現實的差異太大。

連面對咲太都有點距離。

「總覺得變成熟了。」

這是花楓對咲太的感想。

必須一一矯正這種誤差，這不是一朝一夕能解決的問題。

為期大約一週的住院是預先準備的期間。

咲太沒理由反對，在這段期間，咲太放學後就像例行公事般來醫院。

十二月一日，星期一。

今年也只剩下一個月。

這天，咲太決定在放學之後利用打工前的空檔到花楓的病房露面。

他輕敲房門。

「請進。」

等待回應之後拉開門。

進入病房一看，花楓坐在床上，背靠牆壁屈起雙腿，打開一本書放在大腿上。不對，仔細看就發現似乎不是書。

使用已久的筆記本。「楓」的筆記本。

花楓想知道這兩年發生的事，所以咲太拿這本筆記本給她。

收到的當天，花楓對於打開筆記本有所躊躇，不過似乎還是在意內容而閱讀了。

她的視線專注地跟著文字跑。

咲太坐在床邊的圓凳上，花楓隨即不知為何紅著臉闔上筆記本，有點慌張地放在邊桌。

「上面寫了什麼奇怪的事嗎？」

就咲太所知，肯定不是令人臉紅的內容。

「沒……沒事。」

稍微耍脾氣的花楓臉頰依然泛紅。

「那……那個……」

「嗯？」

「我想跟哥哥確認一件事。」

「確認？」

兄妹以這種方式交談有點拘謹。

「如……如果不是，就要說不是喔。」

「知道了。」

「那……那個……就是……」

花楓不時瞥向咲太。

用力將枕頭抱在懷裡。

「所以是什麼事啊？」

「我……我曾經鑽……鑽到哥哥的被窩？」

「嗯，有喔。」

「不……不要這樣啦！」

「慢著，是妳主動跑來的，我只能逆來順受。」

「我沒有，我沒有啦！」

花楓一邊否定一邊將臉埋進枕頭，側邊露出的耳朵紅通通的。

「我做不到這種事啦，羞死人了。」

她對枕頭唸唸有詞。

「不，別冒出這種念頭喔。因為妳是亭亭玉立的年紀了。」

「人家在心情上還是十三歲啦！」

花楓稍微從枕頭抬起頭，憤恨地注視咲太。

「升上國中就算是亭亭玉立了。」

「唔～～」

花楓不滿地噘嘴。咲太沒應付花楓這份難以言喻的心情，決定改變話題。

「這麼說來，鹿野說要來探望妳，妳要怎麼做？」

昨天，咲太打電話給鹿野琴美告知花楓恢復記憶的事。琴美驚訝得幾乎說不出話，不過在聆聽咲太說明的過程中，她在電話另一頭哭了。喜極而泣。

「小美？」

「嗯。」

「……」

花楓注視著床單的某個點思考，掠過腦海的肯定是以前就讀國中的往事。是大家利用社群網站、留言板或免費通訊軟體的簡訊功能惡毒中傷的煎熬時光。

花楓肯定還沒整理好心情面對這段時光，因為她休息了兩年。

所以，還沒解決任何問題。

花楓回復記憶之後，依然避免接觸手機。只要旁邊有人使用手機就會別過頭去，對於來電鈴聲或震動也會敏感地反應。

咲太認為這都是花楓今後得克服的問題，包含思春期症候群在內……

「我想見她。」

花楓好好思考之後，看著咲太的雙眼清楚回應。

「那我就這樣轉告她吧。」

「唔，嗯。那……那個……」

「嗯？」

「哥……哥哥也會陪我嗎？」

「到時候應該是約個地方一起見面吧。」
「嗯。」
花楓鬆一口氣般將枕頭重新抱好。
「花楓，還有其他願望嗎？」
「願望？」
「包含出院之後想做的事。」
「唔～～」
花楓擺出苦惱的姿勢，不過大概是立刻想到願望吧。
「啊……」
她輕聲說了。
「那……那個，哥哥……」
花楓筆直看向咲太。從她的眼神看得出緊張。
她輕輕深呼吸一次。
重複一次。
「我想上學。」
然後，她清楚地說出這個願望。

「希望自己敢上學。」

花楓的視線從咲太身上移向邊桌。上面放著「楓」留下的筆記本。

「已經不怕了嗎？」

以前的花楓每天不停說著「不想上學」。只要天亮就鑽進被窩，希望一天早點結束。但是早晨還是會來臨，她就這樣活在只有痛苦可言的循環。

「我……我認為沒問題了。」

困惑的聲音沒能傳達自信。

即使如此，但花楓輕輕按著自己的胸口，咲太感覺自己知道她想說什麼。

「因為我不是一個人。」

花楓難為情地說完便笑了。有點尷尬的笑容，逞強的笑容。

咲太覺得內心變得輕盈。

有種獲得救贖的感覺。

還沒達到任何成就，一切都是從現在開始。

並不是成功踏出一大步，現在還只是抬起頭而已……

即使如此，咲太心中依然充滿溫暖的感受。

楓留下的溫柔心意填滿咲太的心。

咲太探視花楓之後，按照預定計畫勤快地打工，回到居住的公寓時是晚上九點半左右。

回家途中下起雨，咲太在門前拍掉沾濕制服的水珠。咲太原本認為是小雨，所以走路時沒撐傘，不過伸手一摸就發現挺濕的，頭髮也濕答答。

咲太從口袋取出鑰匙開門。

「我回來了。」

咲太如此報平安的屋內各處開著燈，玄關、走廊與深處的客廳都很亮。明亮的客廳傳來拖鞋啪噠啪噠的腳步聲。

「你回來啦。」

笑盈盈地前來迎接咲太的是穿著圍裙，年齡比咲太大的女性。

「要吃飯？洗澡？還是……」

「今天真的可以告訴我了吧？這究竟是怎麼回事？」

咲太打斷這句老哏台詞，說出累積在內心的疑問。

那天之後，這個穿著圍裙的年長女性……「翔子小姐」住進了咲太家。全名是牧之原翔子。

如果相信她本人的說法，年齡是十九歲。「其實我無處可去，可以讓我住一陣子嗎？」她在重逢的隔天這麼說。這是星期五晚上的事。

由於還發生花楓的事，內心亂了分寸的咲太總之先答應了。不過直到今天都沒將各方面的細節問清楚。

其中一個原因，果然是因為發生了花楓的事。咲太自己沒餘力在意其他事情，就這麼拖到週末結束，迎接週一的來臨。

另一個原因是即使詢問，翔子也含糊其詞。

昨天咲太也問過相同的問題，她卻說「翔子小姐我要去洗澡了」離開咲太，洗完又說「熬夜對肌膚不好，所以晚安」便迅速就寢。

「亭亭玉立的女生都有祕密喔。」

看來今天也滿心想打馬虎眼。

「亭亭玉立……現在的翔子小姐變得很成熟，所以用不著保密了吧？」

比起咲太記憶中的「翔子小姐」，面前的翔子確實成熟得多，從女高中生姊姊成長為女大學生姊姊。

「我也是冒著相當的危險准許妳住進來喔。」

要是麻衣發現這件事，不知道會怎麼說。目前之所以沒被發現，是因為麻衣最近這十天拍電影不在家。不過也不是一直這樣，她昨晚打電話說三天後會回來。

換句話說，這是賦予咲太的時限。

得在麻衣回來之前處理這個狀況。咲太個人希望至少擁有足以好好說明事由的情報。

翔子究竟是什麼人？至今還不知道她和國中生翔子的關係。咲太昨天與前天都打電話給國中生翔子，但是沒接通，目前也沒回電。

「真拿你沒辦法耶。我知道了。」

翔子認命般「呼～～」地嘆口氣。

「不過在這之前，請咲太小弟先洗澡。我的隱情說來話長，你這樣子會感冒。」

感覺不像是逃避用的便宜之計，所以咲太乖乖聽話。冬天的雨水很冰，身體受不了。

緩緩泡進浴缸的熱水。

淋雨的冰冷身體暖和到骨子裡。

並不是沒有著急的心情。其實很想趕快出浴，聽翔子說明「說來話長的隱情」。

但咲太沒這麼做。因為他莫名不希望翔子認為他猴急，這樣翔子會趁機掌握主導權，到時候她或許又會隨便敷衍了事。

基於這種微不足道的賭氣以及小小的心機，咲太的洗澡時間比平常久，泡到完全虛脫才走出浴室。

以毛巾擦拭的皮膚泡熱發紅。這樣或許在另一方面會讓翔子有機可趁。

咲太一邊思考這種事一邊穿內褲時，門鈴聲傳入耳中。

「來了～～」

緊接著，拖鞋的腳步聲從更衣間前面經過。從客廳走向玄關的腳步聲。

時間是晚上十點多，誰會在這種時間上門？快遞嗎？咲太不記得最近會收到什麼東西。

「……」

隱約有種不祥的預感。

「等一下，翔子小姐！」

咲太連忙打開更衣間的門。必須在翔子打開玄關大門前阻止她。咲太的本能如此大喊，高聲咆哮告知危機。

不過從結論來說，一切為時已晚。

玄關的門已經打開了。

而且，翔子笑盈盈地邀請訪客進入。

「……」

咲太的嘴巴只有張成「啊」的形狀，沒發出任何聲音，就這麼打開更衣間的門，維持這個姿勢僵住。只穿一條內褲的咲太時間靜止了。

兩名女性映入咲太的眼簾。都比他年長，一人是從數天前住進咲太家，身穿圍裙的翔子。

另一人是身穿沉穩色調大衣的麻衣。手上提著紙袋，大概是片場所在地金澤的伴手禮。

麻衣的視線和咲太對上之後隨即轉身。

「啊，等一下，麻衣小姐！」

咲太連忙出聲制止，然而這聲呼喚是誤判。

響起清脆的金屬聲。

麻衣鎖門了，而且還緩緩掛上鏈條鎖，像是將某人關進籠裡般好好鎖上。

「這幾天你講電話的樣子怪怪的，原來是這麼回事。」

接著她這麼說，同時轉身面向咲太與翔子。

「我擔心你會因為小楓的事而消沉，所以提早趕回來。」

麻衣脫下鞋子，走上玄關。

「咲太。」

「呃，有。」

「你會好好說明這是怎麼回事吧？」

「那當然，要說多久都沒問題。」

不過說來傷腦筋，咲太自己也不清楚翔子的事。究竟為什麼會變成這樣……

「記得這種場面要怎麼形容？啊，情場如戰場！」

翔子不顧咲太的慌張，事不關己似的拍手表達喜悅。

漫漫長夜開始了。

後記

本書是《青春豬頭少年》系列的第五集。

第一集的書名是《青春豬頭少年不會夢到兔女郎學姊》，第二集是《青春豬頭少年不會夢到小惡魔學妹》，第三集是《青春豬頭少年不會夢到理性小魔女》，第四集是《青春豬頭少年不會夢到戀姊俏偶像》，如果各位從本書開始感興趣，這四本也希望各位捧場。

以為這本是第一集而取閱的各位……對不起。

差不多應該不會發生這種意外了。我在同一片天空下祈禱。

話說，本系列就這樣進入第五集，不過接下來獻給各位的可能不是小說。

首先是七宮つぐ実老師改編本作的漫畫版，近期將會在電擊G's開始連載，請務必捧場。內容設計成可以從各種角度享受麻衣小姐喔。

此外，書腰之類的地方應該透露了一些情報，ＮＩＣＯＮＩＣＯ動畫預計以《青春豬頭少年》系列進行某個企畫。其實我知道企畫細節，不過在寫這篇後記的階段，我自己負責的工作還

完全沒進度，所以保險起見姑且這麼說……

希望各位搭配小說正傳，享受《青春豬頭少年》系列的世界。

本次也感謝繪製插畫的溝口ケージ老師，以及荒木、藤原兩位責編的鼎力相助，謝謝三位。今後請繼續多多指教。

也要向陪到最後的各位讀者致上最深的謝意。

那麼，站在後記的立場，相信能在第六集再度見到各位。

鴨志田 一

Kadokawa Light Novels

GAMERS電玩咖！ 1 待續

Kadokawa Fantastic Novels

作者：葵せきな　插畫：仙人掌

——要不要和我……加入電玩社呢？
彆扭玩家們的錯綜青春戀愛喜劇開演！

雨野景太的興趣是電玩，沒有特別醒目的特徵卻又不愛平凡日常生活，屬於落單路人角。儘管他並沒有在學生會發表後宮宣言，更沒被關進雖然是遊戲但可不是鬧著玩的MMO世界……卻受到全校第一美少女兼電玩社社長天道花憐邀約加入電玩社!?

台灣角川

NT$240/HK$75

©HITOMA IRUMA 2013

Kadokawa Light Novels

6天6人6把槍 1~2 待續

Kadokawa Fantastic Novels

作者：入間人間　插畫：深崎暮人

六把槍當中有一把是假槍？
命運的俄羅斯輪盤開始轉動……

首藤祐貴在逃亡途中，和殺手木曾川相遇。小學生時本美鈴在尋找射殺對象時，遇上歌手二条終。陶藝家綠川圓子和徒弟準備舉辦個展。殺手黑田雪路和他要殺害的目標在極近距離下面對面。頹廢大學生岩谷香菜忽然想丟掉手槍。偵探花咲太郎依舊不靈光。

各 **NT$180/HK$55**

台灣角川

Kadokawa Light Novels

我們就愛肉麻放閃耍甜蜜 1~3（完）

Kadokawa Fantastic Novels

作者：風見周　插畫：高品有桂

甜蜜蜜黏答答的時代已經來臨！
加倍肉麻青春愛情喜劇登場！

每天都過著肉麻甜蜜生活的我們，這次碰上了獅堂吹雪的曾祖母冰雨女士。她的外表看來就是一名國中生，個性自由奔放。她的一個提議讓我、獅堂、佐寺同學和六連兄被捲入肉麻甜蜜（？）的風暴之中，我和獅堂以及愛火三人的關係也隨之慢慢改變——

台灣角川

各 **NT$180/HK$50~55**

國家圖書館出版品預行編目資料

青春豬頭少年不會夢到嬌憐看家妹 / 鴨志田一作 ;
哈泥蛙譯 . -- 初版 . -- 臺北市 : 臺灣角川 , 2016.06
面 ;　公分

譯自 : 青春ブタ野郎はおるすばん妹の夢を見ない
ISBN 978-986-473-130-5(平裝)

861.57　　　　105006689

Kadokawa
Fantastic
Novels

青春豬頭少年不會夢到嬌憐看家妹

（原著名：青春ブタ野郎はおるすばん妹の夢を見ない）

2016年6月27日 初版第1刷發行
2020年12月4日 初版第8刷發行

作 者：鴨志田一
插 畫：溝口ケージ
日版設計：木村デザイン・ラボ
譯 者：哈泥蛙

發 行 人：岩崎剛人
總 編 輯：蔡佩芬
編 輯：孫千棻
美術設計：吳佳昫
印 務：李明修（主任）、張加恩（主任）、張凱棋

發 行 所：台灣角川股份有限公司
地 址：105台北市光復北路11巷44號5樓
電 話：（02）2747-2433
傳 真：（02）2747-2558
網 址：http://www.kadokawa.com.tw
劃撥帳戶：台灣角川股份有限公司
劃撥帳號：19487412
法律顧問：有澤法律事務所
製 版：尚騰印刷事業有限公司
ＩＳＢＮ：978-986-473-130-5